夢に迷って、タクシーを呼んだ

燃え殻

画／長尾謙一郎

はじめに

小学生の時に、原稿用紙一枚に同じ漢字を全部書くという補習があった。僕は四つのテストで補習に相当する点を取り、原稿用紙四枚に、ビッシリ漢字を書くことになる。つらくて途中、先生に泣きを入れると、「お前な、社会に出たらもっと大変なことがたくさんあるんだぞ」と一蹴された。とにかく手がだるかったのを憶えている。放課後だったので、教室の天井は夕暮れの濃いオレンジ色に染まっていた。担任は教壇で頬杖をついて、ウトウトしはじめている。ひとりまたひとりと、眠りこけている担任の前に、原稿用紙を置いて帰っていく。僕はまだ二枚残っていて、途方に暮れていた。あの時、ちゃんとすべて書き切って、眠りこけていた担任に提出できたのか、まったく憶えていない。

週刊連載は毎週締め切りがくる（当たり前だ）。

「どうですか？」。担当編集の牧野さんから連絡が入った。

「大丈夫だと思います」と未来の自分に期待大のメールを返信した。この連載の文字数はあの時と同じ、原稿用紙四枚分だ。一つ違うことは、同じ漢字を全部書いて提出すると、ものすごく怒られるということだ（当たり前だ）。ウトウトしていたあの担任は、一昨年の夏に心筋梗塞で亡くなってしまったという話を、同級生だったやつから聞いた。

　僕は仕事場にしている渋谷円山町のワンルームマンションから外に出て、ラブホテル界隈を一周してみることにした。ビジネス書に、歩いていると血の巡りが良くなって、いろいろなアイデアを思いつくと書いてあったからだ。

　昼間のラブホテル街はとにかく静かだ。人がいないというわけではない。様々な事情で静かにしないといけない関係の人たちが、静かにラブホテルに消えていくのだ。お爺さんと若い女。若い男と若い女二人。とにかく物語の匂いがする。いい感じだ。血の巡りも良くなってきた。僕は静かに黙々と界隈を歩く。何かあるはずだ。ネタが落ちているはずだ。

路地に差し掛かったところで、ふと僕は足を止めた。というか足元にあるモノに目が留まった。ラブホテル街の路上に、ネタ、いや豚足が落ちていた。一回くらい車に轢かれた痕すらある豚足だった。ラブホテル街に豚足。物語を感じる。中腰で豚足を確認しながら思いを巡らす。そうしていると、ちょうど横にあったバリ風のラブホテルから、若いカップルが出てきた。

「ねえ、ねえ」。女が男の腕に絡みつきながら猫なで声を上げている。そして僕は、二人と目が合ってしまう。女はゆっくり目線を落とし、僕の足元にある豚足に気づいたようだ。

「すみません」。思わず豚足の代わりに謝罪をしてしまった。男は何も言わず、行こうぜって感じで女を抱きかかえるようにして坂を下りていった。そして現場には豚足と僕だけが残った。とりあえずその場にしゃがんで、豚足を写真に収める。やっぱり歩くことは大切だ。今週もこれで大丈夫そうだ。その場で編集の牧野さんに電話を入れた。

「豚足で、一本いけそうです」

日常生活は、基本的に大事件は起こらない。盛大なオチとも無縁だ。だからといって、日常がつまらないわけではない。過去に逮捕歴はない。過去に何かの受賞歴もない。でも過去がつまらなかったわけじゃない。僕たちの人生は、なぜか忘れられなかった小さな思い出の集合体でできている。

目次

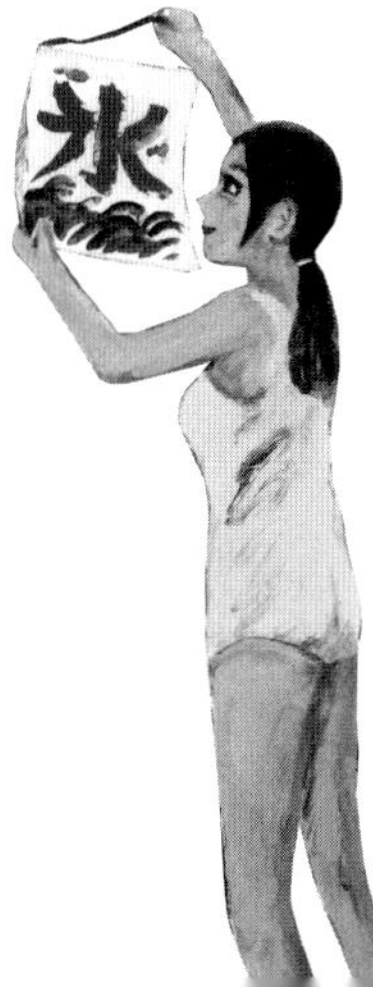
氷

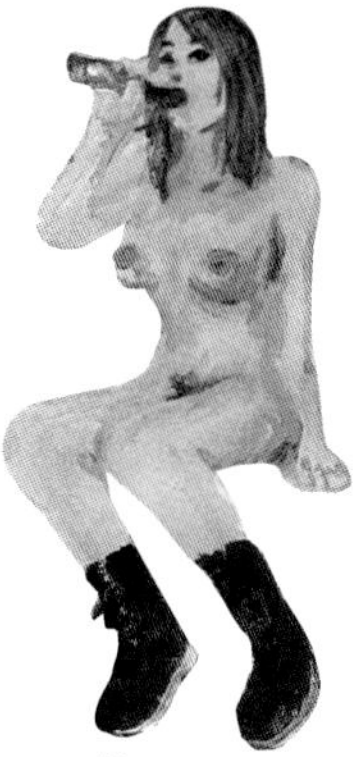

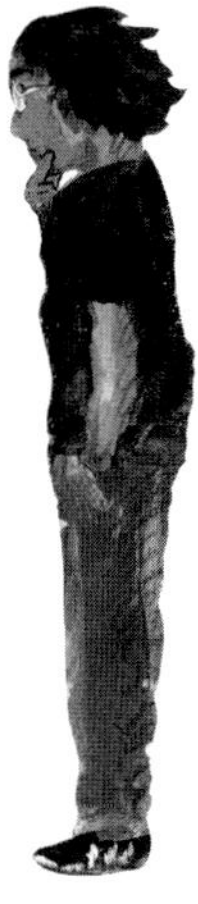

きって、僕たちは今度もまた大丈夫だ

緊急事態宣言下のため、ほとんど人通りのない六本木交差点で、打ち合わせに向かうべく信号が変わるのを待っていた。前の打ち合わせが押しに押して、この時点ですでに三十分遅れてしまっていた。時刻は午前0時を少しまわったくらいだったと思う。

「キャバクラ、どうですか?」

ピシッとしたスーツを着た黒人の男性が声をかけてきた。今、キャバクラやっているのか!と驚いた。「アルコール、あるよ」と黒人の男性はヒソヒソ声で言う。午後8時を越えたら、東京では酒は出してはいけない決まりになっていた。黒人の男性は「ビール、あるよ」と「シャブ、あるよ」みたいな声でささやく。丁重に断って信号を渡ろうとすると「あれ?」とまた声をかけられた。「あ、急いでるんで」と、かわすと今度は本名で呼ばれた。声をかけてきた男の顔に見憶えがあった。しかし名前が出てこない。

「俺だよ、俺、木村!」

そうだ木村だ。顔は思い出した。しかし、今度は木村が何者なのか思い出せない。

「アメリカンドッグ! あれから食ってねえよ、懐かしいなあ」

木村が感慨深げに言った。その瞬間、記憶のテープが一気に巻き戻され、アメリカンドックの夜のことが鮮明に蘇ってきた。

今から二十年程前、僕は六本木の雑居ビルで、テレビ業界の雑用係を生業にしていた。今日は終電で帰れる、と思ったその時だった。面倒なクライアントから、PHSに電話がかかってきた。「今さ、キャバクラで夕飯食ってるからさ、アメリカンドッグ三十本くらい買ってきてよ」と連絡が入る。この時点で、終電を逃すことが確定した。

僕は人混みをかき分けながら、六本木中のコンビニをとにかく全部回った。最終的には知り合いがバイトしていた店で、アメリカンドッグを在庫ぜんぶ、特別に揚げてもらった。やっとの思いで持っていくと「もういいや、ブーム去っちゃった」と雑にあしらわれた。その時、アメリカンドッグ代を工面してくれたのが、そのキャバクラで店長をやっていた木村だった。

真夜中の六本木で、木村と大量のアメリカンドッグを非常階段で食い散らかしながら、始発までいろいろな話をした。彼の国籍が複雑なこと、身内の借金、彼女の親が国籍のことで結婚に反対していること。国籍多めの雑談を朝までした。日焼けサロンとキャバクラしか入っていない雑居ビルの非常階段で、僕たちは無限に語り合った。この二十年程、すっかり忘れていたが。

そうだ！　あの木村だ。遅刻していたことも忘れ、非常階段で話したあとの人生を、僕たちは確認し合った。

あの時の彼女とは別れ、離婚も二度経験して、まったく落ち着いていないという話をゲラゲラ笑いながら聞かせてくれた。木村がそのあとも、ずっと六本木で生きていたことはまったく知らなかった。というか申し訳ないが木村のことを忘れていた。今は小さなスペインバルのオーナーをやっているらしい。名刺には訳のわからない肩書きがたくさん書いてあった。ここまで落ち着かない名刺は久しぶりに見て、嬉しくて部屋に飾っている。

人けのない稀有な六本木の夜。最悪な現実世界で、最悪だった時代の仲間と再会することができた。やっぱり世の中は今、バグっているのかもしれない。

「あの頃さ、もうダメだって毎日言ってたよね」

そう言ってマスク越しの木村が確かに笑った。確かに毎日言っていた。もうダメだ、を言い続けて二十年以上やってきた。正直、今でも言っている。それでもなんとかやってきた。僕たちは思っていたよりもしぶとかった。だからきっと今度もまた、僕たちは大丈夫だ。

この世界ってさ、ロマンチックなことが少な過ぎるんだよ

知人の死をYahoo!ニュースで知った。彼女に初めて会ったのは、亡くなる三週間前だった。場所は西麻布の鮨屋。西麻布なんて、通り過ぎることはたまにあっても、用事で来たことは三度しかなかった。一度目はテレビ番組の打ち上げで（それも十年以上前）、二度目は先日、この連載の単行本が重版になった時、編集の牧野さんに西麻布で焼肉を奢ってもらった。そして三度目が彼女とテレビディレクターとの会食打ち合わせだった。

その日、彼女はたくさんのこれからやりたい仕事について語っていた。そして、今まであった悔しいことも同時に語ってくれた。早朝からロケだったらしく、勲章のように腕の日焼け跡を見せてくれた時の、誇らしい笑顔が忘れられない。明日もドラマの撮影だというのに、「もう一軒行きましょうか」と彼女はその日、陽気だった。三人で鮨屋を出てすぐのバーに入ろうとすると、バーの入り口は誰かのゲロで大惨事になっていた。慌ててその場を離れ、別の店を見つけるために歩いていた時、前から世の中が思っている西麻布のイメージを全部足して何も引かない感じの三人組が歩いてきた。彼女はその女の子たちを見て「いいなあ、楽しそう」と一言だけ言った。ほとんどの人からすれば彼女も「いいな

あ、楽しそう」の塊みたいに見える。不思議なことを言うなあ、とその時思ったのを憶えている。結局、二軒目はなかなか見つからず、明日も仕事だしまた今度にしようかとその日は解散することになった。

帰りのタクシーの中、彼女はちょっとだけ自分の病気について話してくれた。

「幸せになりたいなあ」。タクシーの中で伸びをしながら、彼女はその話をショートカットで終わらせる。狭いタクシーの中に、彼女の香水の妖しい匂いが充満していた。

「じゃ、また今度」

笑顔の彼女は、手を振りながらタクシーを降りていった。それからたった三週間。実感が湧いてくるわけがない。

昔、首都高速の近くに住んでいる女の子に、真夜中呼び出されたことがあった。男女の関係は一切なかった。部屋に入ると女の子は「私、首都高を走る車の音を聴きながら眠るのが好きなの」と言って、窓を全開にしてしまった。ちょっと怖いくらいカーテンがバサバサと生き物のように羽ばたいていて、夜風が急に部屋に吹き込んでくる。女の子は睡眠薬をラムネみたいに飲んで、ベッドの隅に丸まってしまう。窓を閉めようとしたら「聴いてるの」と丸まった背中をこちらに向けたまま注意された。じゃあ呼ぶなよ、と思いながら僕もベッドで寝てしまうことに決めた。すると彼女はベッドの上をゴロゴロと転がってきて、ピタリと僕にくっついた。東京のネオンが反射して天井に映り込んでいる。カーテンはさっきよりも勢いよく、部屋の中を好きなように舞っていた。欲望に負けて女の子の胸元に思わず手を差し入れようとした時、「やめて」と冷たく吐き捨てられた。それから、インスタントコーヒーを淹れさせられ、首都高速を走る車の音を二人してしばらく聴いていた。ただそれだけの話だ。

その話を西麻布から乗ったタクシーの中で彼女に話すと「その女の子の気持ち、私わかるな」とつぶやいた。どういうことか教えてほしいと僕が尋ねると「今度、ちゃんと話すけどさ」と念を押されつつ、「この世界ってさ、ロマンチックなことが少な過ぎるんだよ」とケラケラと笑って言った。ただそれだけの話だ。

ロマンチックが欠如したこの世界から、彼女は風のように去っていってしまった。

こっち見てんじゃねーよ、ゾンビ

その日僕は、「〇〇の大富豪がネットで私の動画をたまたま見たらしくてさ、一泊500万でどうだ?と言われて、この間行ってきちゃった」とか、もしもエロ漫画で描いたら、それは作りすぎじゃない?と思われそうな、嘘みたいな会話が飛び交うパーティーにいた。とある起業家の誕生日イベントに参加してくれと編集者に言われて、面白がって行った先が、絵に描いたような東京の夜だった。いや、特殊な東京の夜だった。東京にはこんなに半ズボンで日焼けした男たちがいたのかと驚愕した。そしてどの男も「カネならあるぞ!」と顔面に太字のゴシックで書いてある(くらいの迫力があった)。女性陣は女性陣で、誰もが人工甘味料的ないい匂いをさせていた。フロアの壁には、海外のスノーボーダーが雪山を滑走している映像が、延々と映し出されている。大きな窓から東京タワーが間近に見えた。DJブースの前で、見たことのあるグラビアアイドルがアルコールを飲みながら、ゆらゆらと踊っているのが確認できた。

「でさ、500万だと思ったら800万くれたの! ヤバくない?」

隣は大富豪の話でまだ盛り上がっていた。僕は連れてきてくれた編集者に、ちょっとトイレ、と断って廊下に出る。廊下には廊下で、立ち話をしている、まさかの壁ドン日焼けおじさんと美女。ネオ東京が終わらない。通りまーす、と声をかけてトイレに入った。トイレに入って、初めて緊張が少し緩んだ気がした。「はああ」と肺に溜まっていた毒ガスを放出する。洗面台に映った自分の顔面は、さっきの男たちと同じ人間とは思えないほど真っ青だった。その時、邪気を感じて振り返ると、個室のドアを開けたまま、また別の日焼けおじさんと美女がディープ過ぎるキスをしている。そして日焼けおじさんと目が合ってしまった。

「こっち見てんじゃねーよ、じじい」。いきなり怒鳴られた。おじさんにおじさんが怒鳴られた。

あまりに不毛と不条理を感じて、僕は無言でトイレを出て、そのままエレベーターに乗って帰ることにした。途中腹が減って「なか卯」に寄ったら、異国のアルバイトの人が優しくて（通常の接客）、不覚にも涙が流れそうになった。

高校二年の時、文化祭の出し物は満場一致で、「お化け屋敷」に決まった。当日それぞれが勝手に絵の具でフランケンや、ガイコツのペイントをしながら準備をしていた。そのころ僕が好きだった女の子がドラキュラになっていく様を、ゾンビにペイント中の僕は手を止め、しばらくボーッと眺めていた。そして、それぞれが配置についてお化け屋敷がスタートする。他校の生徒も来るような高校だったので、お化け屋敷は行列ができるほどの大盛況だった。夕方、一段落ついて、ゾンビメイクのまま僕はトイレに入った。洗面台でゾンビメイクのチェックをしていると「ゴトンッ」と後ろで不吉な音がする。振り返ると、個室のドアが開いてドラキュラのペイントをした彼女が、ミニスカートのチャックを直しながら出てきた。そのあとに、フランケンのペイントをしたクラスの不良が、ベルトを直しながら遅れて出てくる。僕は思わず見入ってしまっていた。ドラキュラに扮した彼女からキッと睨まれ、フランケンから「こっち見てんじゃねーよ、ゾンビ」と吐き捨てるように言われた。

「なか卯」のすぐ近くで交通事故が起きたらしく、異国のアルバイトの人が外をボーッと眺めていた。僕もつられて外を見る。パトカーのサイレンの音がしていた。「なか卯」のガラス窓に老けきった僕の顔面が、薄っすらゾンビみたいに映っていた。

夢を五分で挫折したことがある

南野陽子写真集を去年まで一冊だけ捨てずに持っていた。中学の時、ウォークマンのカセットテープに南野陽子しか入っていない時期があった。彼女のラジオ『ナンノこれしきっ！』も欠かさず録音しながら聴いていた。南野陽子はトイレに行かないと思っていた。もう少し正確にいうと、トイレに行くことが想像できなかった。

先日、代々木上原にある喫茶店で打ち合わせという名の雑談をしていた時のことだ。静かにドアが開いて、今をときめく某女優さんが入ってきた。いかにも業界という人たちが待っている席に彼女は座ると、気心が知れているのか手を叩いて爆笑しながら話しはじめる。僕とデザイナーは、二人してジッとその模様を伺っていた。

「今、同じ空気吸ってるんですね」

デザイナーが気持ちの悪いことを静かに言った。でも、それも仕方がないと思えるほどの透明感と美しさだった。生足だった（誰も聞いてない）。

「付き合ってる人とかいるのかな」

僕も人のことはまったく言えないほど、無防備に気持ちの悪いことを言ってしまった。

「俺、前にグラビアアイドルの卵と付き合ったことあるんですよ」

デザイナーが某女優に目線を持っていかれながら、自慢話を始めようとしていた。「卵だろ」。卵でも十分羨ましかったが、悔しいのでそう答えてみた。

「その時に思ったんですけど。やっぱ全部知らないほうが幸せなことってありますよね」

デザイナーは今ですら何も達観していないのに、出家したかのような口ぶりでそう続けた。

「最後なんて二人して、鼻水垂らしながら泣いて別れましたからね。週刊誌のグラビアで見ているほうが絶対幸せでしたよ」

デザイナーは某女優からまったく目を反らさずに、飲み干したアイスカフェラテの氷を砕きながら、そう締めくくった。

「やることやって、最後は一緒に泣くまでの関係になったお前を殴りたい」

僕は心からの言葉を彼に贈った。

「今、同じ空気吸ってるんですね」

僕の話をスルーし、彼は噛みしめるようにもう一度、気持ちの悪いセリフを吐いた。

昔、番組の打ち上げで、恋愛コラムを書いているというライターが「恋愛の絶頂期に思うことは、好きな人の泣き顔や怒る顔をこれから見ることになるんだろうなあ、ってことなんだよね」としたり顔で言っていた。わかったような口をたたきやがってと思いながら、なんとなくわかる気がしてしまった。

僕たちは必ずいつか知らなくてもいいことを知ることになる。特に現代人はインターネットによって、そのスピードが無駄に速まってしまった気がする。

とにかく日々、情報がマッハで飛び交いまくっている。何か新しいことを始めようとして調べると、たくさんのその道の先輩たちがヒットしてしまう。自分より年齢が上ならまだマシだ。同い年、年下のその道の天才を知ってしまうと、途端に気持ちが萎えてしまう。僕だけだろうか。僕は、とあることを挑戦しようと決めてインターネットで調べた瞬間、あまりにすごい年下の活躍を見てしまい、夢を五分で挫折したことがある。

一瞬で世界を知ることができる代償は、一瞬で意欲を失うということかもしれない。

昨年、引っ越しの際に長年手元に置いていた南野陽子写真集を手放した。そのことをデザイナーに伝えると、インターネットで「南野陽子　近況」で調べた画面を見せてくれた。最近の彼女は、いろいろ大変そうなことがわかった。デザイナーが何かを言おうとしたその時、某女優が「トイレ行ってくる～」と大声を上げて、ちょうど席を立った。

月の綺麗な夜だった

夕飯が磯丸水産という日が最近続いていて、ひとりでお通しを炙ったり、チャーハンをアレンジしたりして飽きをなるべく遠ざけている。そして渋谷という土地柄だろうか、とにかく毎夜、磯丸水産では男が若い女を口説き倒している。

自分が二十代の頃も、女性に対してこんなに必死だっただろうか。思い出すまでもなく必死だった。今も必死な気がするが、諸事情により割愛させていただく。割愛する代わりに、そのころ口説く時に必ず披露していた最低のホラ話を告白したい。それは某作家が雑誌のインタビューで語っていた海外の思い出話を、自分なりにアレンジしたものだった（サイコパス参上）。

ホラ話の舞台は沖縄波照間島。ある日、東京都港区の仕事に疲れてしまった僕は、沖縄の果ての果てにある波照間島へと逃避するところから話は始まる。

静かな波が打ち寄せる波照間島の美しい浜辺を夕暮れ時に歩いていると、一軒のバーが目の前に現れる（存在しません）。仕事に疲れ果てていた僕はネクタイを緩め（成人式以来、締めたことがありません）、そのバーに吸い寄せられるように砂浜をザッザッと歩いていく。

カランコロン♪

「いらっしゃいませ」

白髪をオールバック、銀縁のメガネ、細身の黒いスーツという出で立ちのバーテンダーが僕を出迎えてくれる。そこはカウンターに椅子が四つだけの小さなバーだった。席に座ると、気持ちのいい風が吹き抜ける。上を見ると、店には天井がなかった。そのバーは星空の灯りだけに照らされていたのだ（何を言ってるんだ貴様は）。

「えー、素敵なところですね！」

大概の女性はここで合いの手を入れてくれた（気がする）。

「僕も驚いたんだ。こんな南の島の果てに、星空だけに照らされたバーがあるなんてさ。そこで飲んだジンリッキーの味は最高だったなあ（サイコパス殿堂入り）」

「マスター、ジンリッキーください」

「あ、僕にも」

こんな感じの夜を過ごしていたことがあった。ホラ話と書いて「ムード」と呼びたい。呼ばない。我ながら恥の多い人生を送ってきてしまっている（進行形）。

「俺さ、子供の頃から乗馬が趣味でさ、この前、海辺を馬に乗って走ったんだよ。あれは気持ち良かったなあ。今度、一緒に乗らない？」

「えー、素敵がすぎる〜」

磯丸水産の隣の席の、全体的におにぎりに似た男が、明らかに社会人一年目っぽい女に、ニヒルな笑顔を浮かべていた。磯丸水産と乗馬の相性は抜群に悪かった。嘘にも程があると、ホラ話の先輩としては思った（本当だったらすみません）。僕はとりあえずイカを炙ることに集中した。いい具合に焼き目がついたところで醤油につけて、白ご飯でかっ込んでみる。旨い。炙ったイカだけは裏切らない。

「ねえねえ、今夜すごい月が綺麗だったの。空見た？」

おにぎりに口説かれていた女が、キラキラとした目でそう話しかけた。帰り道、僕は夜空を眺めてみた。女の言う通り、少し欠けた月が綺麗な夜だった。黄色く発光しているかのような月は、ネオンひしめく渋谷の街からでも確認することができた。

僕は散々ホラを吹いてきた波照間島にまだ行ったことがない。今夜、南の島の果ての果てにあるという波照間島でも、この美しい月は見えているのだろうか。

で、お前いつ帰るんだ？

父方の祖父は、極度の人嫌いだった。祖母が亡くなったあとは、静岡の沼津で十五年近く一人暮らしをしていた。仕事の合間を縫って、僕は祖父のところにたまに顔を出した。立て付けの悪い玄関の扉をガタガタと開けると「どちら？」と野太い声がする。「来たよ」と声をかける。「お前か」と少し弾んだ声になって返ってくる。みつ豆をお土産に買っていくと、さらに喜んでくれた。万年コタツに座る祖父が「体調はどうだ？」と僕の健康を気づかってくれる。「とにかく健康が一番だからな」。祖父はテレビでやっていた新しい健康法をよく教えてくれた。そこまではいつも機嫌が良かった。問題はそこからだ。雑談がひと段落して、数時間経った頃、「で、お前いつ帰るんだ？」と突然つれないことを言い出す。祖父には、それが孫だろうと血の繋がった兄弟だろうと、長く一緒にいられないという性質があった。最初はびっくりしたが、通っていくうちにそれにも慣れて、「じゃあ、次の巨人の攻撃が終わったら帰るね」と流せるようになっていった。

「おお、そうしなさい」祖父は安堵の表情を浮かべて台所に行って、ひとり分の夕飯の支度をしはじめる。

祖父が、どんな仕事をして生きてきたのか、僕はちゃんと聞いたことがない。父もそれを語りたがらない。人には皆、言いづらいことがある。いろいろあったんだと思う。僕の知っている祖父は、祖父の中のほんの一部だったのかもしれない。

学生時代、家族で住んでいたマンションの一階には、ゲームセンターが入っていた。僕は少ない小遣いを、よくコインゲームに散財していた。そのゲームセンターには通称「パンチさん」というオーナーがいて、子供たち全員から怖がられていた。ゲーム機を叩いたり、カツアゲをする輩が、パンチさんに思いきりぶん殴られたところを何度か見たことがある。パンチさんのパンチで、前歯を折った中学生の不良のことも知っている。そんなパンチさんがある日突然、行方不明になってしまった。周りの大人たちが「パンチさんは示談屋だった」と子供には馴染みのない職業のことを噂していた。そしてその裏稼業で揉めて、行方不明になってしまったということを大人の誰かが言っていた。

僕はそのゲームセンターで二度カツアゲに遭いそうになったことがある。その二度ともパンチさんのパンチに助けられた。パンチさんは僕の鼻を強めにつまんで「もっと強くなれよ」と言って、近くにあった金属製のバールをプレゼントしてくれた。その頃の僕にとって、パンチさんはヒーローだった。後々聞くと示談屋の他に、金貸し業もしていたらしい。僕が知っているパンチさんは、パンチさんの中のほんの一部だったのかもしれない。

祖父が体調を崩す直前も、僕は沼津の家に行っていた。テレビはその日も野球のナイター中継が流れていた。巨人の攻撃が終わったタイミングで「そろそろ帰るね」と伝える。「そうか」と言って、祖父はいつものように台所に消えていった。祖父の背中を見送ってから、玄関で靴紐を結んでいると「これを持っていきなさい」とコンビニで買ったであろう、タマゴサンドと牛乳が入ったビニール袋を僕に渡してくれた。「いつもありがとうな」の一言まで添えて。僕はその時、こみ上げるものがあったが「何言ってるの、またすぐに来るからさ」とだけ伝えた。

駅に向かってしばらく歩いて、もういないかなと思って振り返ると、気まずそうにぎこちない笑顔を作る祖父がまだ手を振ってくれていた。

「おじいちゃん」

僕は臆面もなく大声を出して、手を振り返した。祖父も何かを伝えようと声を発していた気がする。なんと言っていたのか、正直思い出すことができない。でも、もうそれで十分だった。

あの時、僕の声は祖父に届いていただろうか。

SUNYO
フルーツみつ豆

仲良くなるという目標は達成できそうにない

トークイベントが苦手だ。苦手過ぎて、イベント当日は必ず飲んでから行くことにしている。会場が渋谷の時は、だいたい居酒屋『山家』に寄ってから行く。

先日、ＮＨＫのトーク番組に出るというありがたい機会をいただいた。収録は午前11時からだったので、午前9時から山家で台本片手にひとり生レモンサワーを飲んで、ギリギリまでウォーミングアップ（ものは言いよう）をしていた。

山家の従業員は、ほぼ外国の方々だ。いい意味でも悪い意味でも、相当放っておいてくれる。数年前、放っておかれ過ぎて、不覚にも店内で寝ながら年越しをしてしまったことがある。コンビニですら24時間を見直そうとしているこの時代に、山家は24時間３６５日営業を貫いている。貫き過ぎて店員全員半ギレで働いている。

ＮＨＫに集合時間ギリギリに到着すると、スタジオには知らない大人たちがたくさん集まっていた。プロデューサーの女性がとにかく良い人で「今日は、皆さんが仲良くなってくれれば大成功です！」とあえて低い目標を設定してくれた。

出演者は、フリーアナウンサーの宇垣美里さん、俳優の千葉雄大さん、モデルで俳優の長井短さん、そして突然の僕。隣の席に座った宇垣さんがコソッと「小説読みました」と極上の気遣いで接してくれた。「仲良くなれるかもしれない」。すぐにそう思ってしまった。思った以上に僕はチョロかった。いい気分になった僕は、調子に乗ってベラベラとあることないこと喋り倒し、気づいたら収録は無事に終わっていた。我ながらテレビに向いているると錯覚を起こしたが、その後呼ばれることはなかったので、それは間違いなく錯覚だったのだろう。

控え室に戻ると、今さら緊張がやってきて、背中から汗が滝のように流れてきて止まらない。初めての緊張の仕方だった。今さらながらNHKという金看板に恐れおののく。控え室の鏡に向かって「とにかく終わったんだから、落ち着こう」と自分に声をかけた瞬間、「今からマスコミ取材入ります！」とスタッフの人が元気にトドメを刺しにきた。いい試合だったのに一旦途切れて、テンションが戻らずコテンパンにされた格闘家の試合をYouTubeで見たことがある。控え室で一度気が抜けた僕は、社交性が戻らないままマスコミ取材という経験したことのない世界に放り込まれてしまった。

その日は、宇垣さんのフリー初仕事の日だった。「初めて見た宇垣アナはどうでしたか?」的な質問が矢継ぎ早に飛んでくる。マイク越しに最初「あー」とだけ言ってしまった。隣に座っている宇垣さんが、こちらを見ながら「落ち着けや」と微笑んでいた。

「いい人だと思いました（0点）」

本人を目の前にして、凡庸な回答を棒読みで言ってしまった。その白けた空気を、とっさに千葉雄大さん、長井短さんがフォローして盛り上げてくれた。千葉さんが帰りしな「またお会いしましょう」と声をかけてくれる。優しさが凄い。疲れ切っていた僕は、その優しさにすら「あー」と返すことが精一杯だった。

次の日、疲労困憊で立ち上がる気力が出ず、朝イチで「休ませてください」と仕事場に連絡を入れた。「お前、今日は人事ミーティングの日だぞ！」と電話口で社長に怒られたが、NHKの収録と人事ミーティングを両立できるほど人間が器用にできていなかった。とりあえず一日四つん這いで過ごそうと決めて、テレビをつけてみる。テレビ画面の中では、USJでハリー・ポッターの格好をした千葉雄大さんが、満面の笑みで取材陣に囲まれている模様が映し出されていた。それも生放送だった。あの後に大阪に飛んだのかと、愕然としながら見た。四方のカメラに向かって順番にハリー・ポッターポーズをキメる千葉さんに、芸能人という仕事の凄みを見せつけられた。仲良くなるという目標は、果てしなく高い目標だったのだと、その時初めてドスンと感じた。

まったくの他人より、ちょっと知っている人のほうが気まずい

それは徹夜明けの早朝、千代田線の霞ケ関駅のホームにいた時だ。僕は大音量でマイケル・ジャクソンを聴いていた。土曜日で人がまばらなのをいいことに、陽気に首で軽くリズムすら取ってみたりして。

ふと隣を見ると、会社の新人が突っ立っていた。明らかに真横の僕の存在に気づいていただろうに、まっすぐ前を向いて、和製マイケルをなきものとしていた。

その新人とは、先週初めて仕事場で挨拶を交わしたばかりだった。僕は即座に『ダーティー・ダイアナ』のリズムを止め、まっすぐ前を向き、マイケルもアシスタントもなきものにし、沈黙に入る。

ホームに入ってきた千代田線のドアが開いた瞬間、新人は素早く乗り込み、ツカツカと後方の車両へと移っていった。

まったくの他人より、ちょっと知っている人のほうが気まずい時がある。

先週、渋谷のフレッシュネスバーガーで席に着いたら、横でフガフガとハンバーガーに食らいついていたのが、さっきまで一緒に打ち合わせをしていたクライアントだった。社

会人なら「あー、どうもどうも」くらい言うべきなのかもしれない。でも「あんたさ、この仕事に対して気持ち入ってるの?」とキレ気味に恫喝されたあとだっただけに、気配を消すことに必死になっていた。トレーを持ってジリジリと移動を試みようとした時「ああ」と向こうから吐息のような声で呼び止められる。「あ、さっきはすみませんでした。引き続きよろしくお願いします」と口からスルスルと定型文が出てくる自分に、社会人らしくなったじゃないか、と少しだけ嬉しくなった。そして「ああ」のあとに何も続かない先方に対して「だから声なんてかけちゃいけないんですよ!」と心の中で叫んだ。

毎年、年の初めに遠い親戚も含めて集まる大親戚飲み会が苦手だった。遠い親戚のおじさんから「大きくなったなあ」とか「今年は飲み行こうな」などと言われる、我が血筋独特の儀式が苦手だった。箱根駅伝なんかを親戚一同で観ながら「お前、どこ大学だっけ?」と聞かれて「あ、潰れた専門学校卒なんで、白バイ隊を応援してます」と答える問答を何年繰り返しただろう。「ははは」なんて笑っている遠い親戚のおじさんの名前はもちろんうろ憶えだ。

「で、お前、仕事はどうなんだよ」とすぐにまた、別の遠い親戚のおじさんが声をかけてきて「ああ、まあ、ボチボチですね」と受け流す。遠い親戚は、近くのコンビニの異国の人よりも距離感が摑めない。そしてまた一年会わないうちに、お互いすべて忘れてしまう間柄になる。

あれはいつ頃だったか、地元のデパートのフードコートでひとりでビールを飲みながら、たこ焼きをつまんでいる遠い親戚のおじさんを見かけたことがあった。おじさんは正月に見せるような陽気さはまったくなく、この世の終わりみたいな顔で黙々とビールを飲んで、たこ焼きを口に放り込んでいた。近くを通った時、ふと目が合った気がした。いや、たしかに合った。でも、おじさんも僕もお互いの存在をまったくなきものにして、そのまま各々の世界に戻っていった。

駅で隣り合わせになった新人はその後、光の速さで会社を辞めていった。一度、渋谷のパスタ屋でウエイターと客として、彼と再会したことがある。彼は満面の笑みで、季節限定の牡蠣を使ったパスタを勧めてくれた。
「あ、じゃあそれで」と僕が答えたら「大盛りサービスしますよ」とニッコリ笑ってさえくれた。まったくの他人の関係になったほうが、スルスルと話すことができた。人と人との距離感は、なんとも難しいものである。

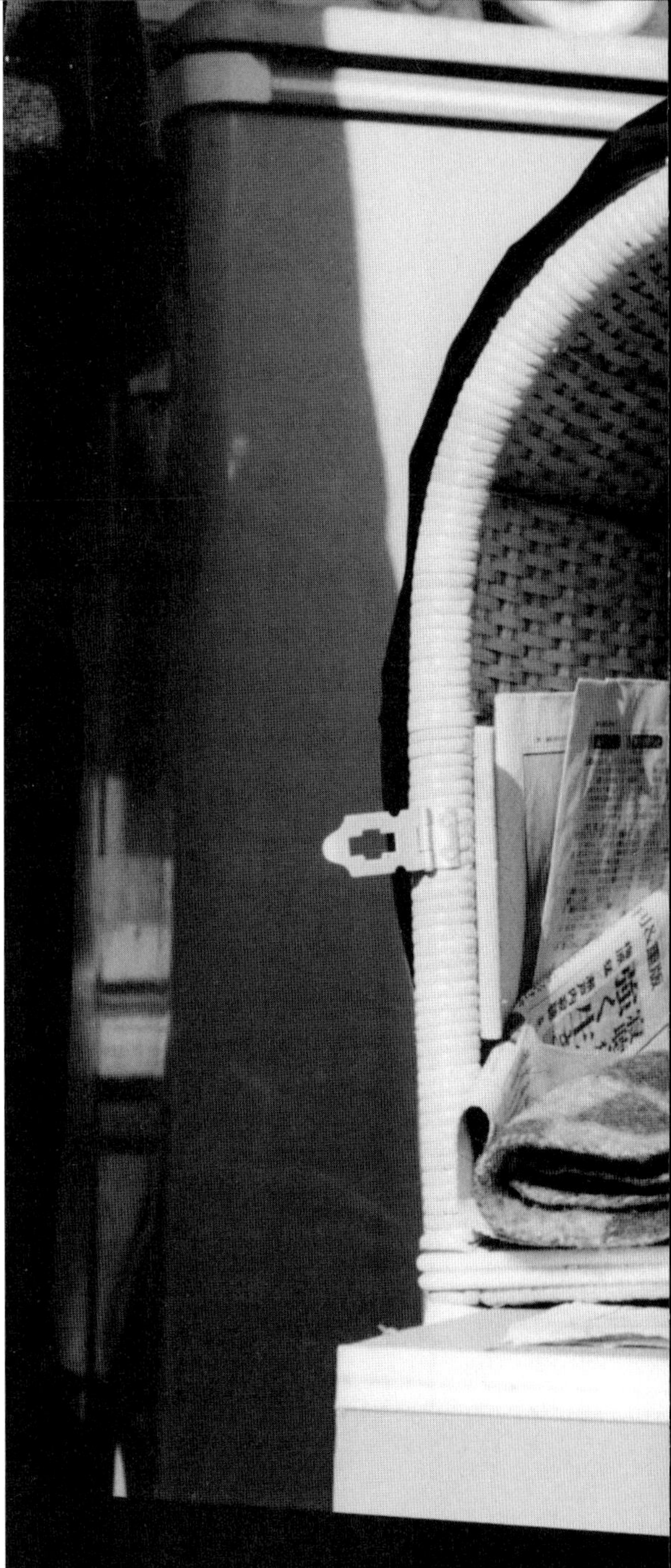

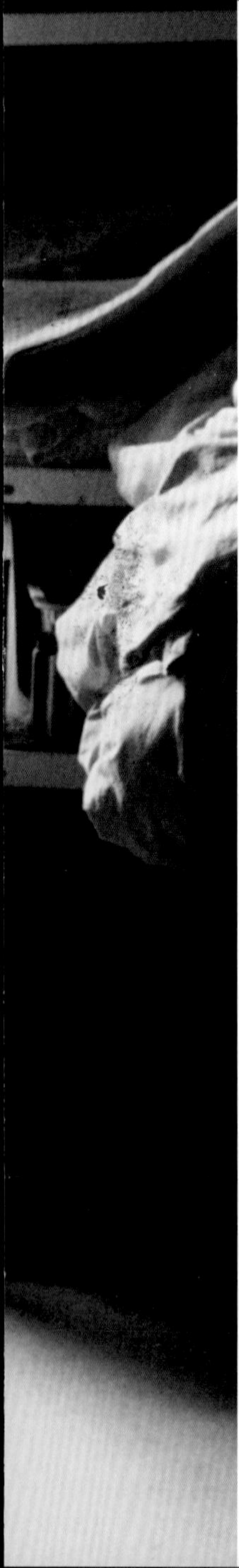

前野くんと来年、フジロックに行きたい

人の名前が憶えられない。10年一緒に働いている仕事場の後輩の名前を、漢字で正しく書くことすらできない。最近では、人の名前は憶えることを、初めから放棄していた。

本当はみんな憶えてないだろうと思っていたのに、立ち読みをしたビジネス書に「一度会ったクライアントの名前を憶えることが、ビジネスの第一歩」と書かれていて、一歩目でくじいていたことに初めて気づいた。それ以来、名刺の裏にはその人の特徴や似顔絵を書くことにしている。

ただ書いたところで、あとで答え合わせをすることしかできない。昨日、とある取材でカメラマンさんに「結構前ですけど、あの時は無理言ってすみませんでした」と言われた。まったく憶えていなかった。もう少しで「初めまして」というところだった。後日仕事場で名刺を探して、ようやく相手の正体を知ることができた。「あー」なんて。だいたいのことをすべて忘れてしまうタチで、ホトホト困っている。

前に、よく仕事を一緒にしていたデザイナーの男と、とあるミュージシャンのライブに行ったことがある。彼とはよく仕事を一緒にしていたが、名前はうろ憶えだった。そのラ

イブは、そのミュージシャンがニューヨークに無期限で旅立つ、ラストライブだった。

ライブの中盤、うろ憶えの彼が両手を挙げて、「フォー!」と叫んだ。「コイツ、こんな声を出すのか。名前はうろ憶えだけど」と思った。

アンコールが終わり、会場が涙に包まれる中、ミュージシャンが舞台にキャリーバッグを持って再登場した。「じゃ、みんな行ってくるね!」とガラガラとキャリーバッグを引きずりながら満面の笑みで手を振り、舞台の袖にはけて行くという演出でライブは幕を閉じる。ふと横を見ると、名前がうろ憶えの彼が両手を口の前で合わせて号泣していた。

「コイツ、こんな泣き方するんだな」。そう心の中で思った。ほぼ名前は(割愛)。


ライブの後に軽く一杯飲もうと、二人で近くの居酒屋に入った。酒も進んで、さすがに主語のないやり取りに疲れてきたころ、彼が「今度、フジロック行きましょうよ!」と軽快に誘ってきた。フジロック。帰宅部だった僕には、魅惑のチキルーム並みに心踊る単語だ。世の中のことをほとんど知らない僕だが、これだけは確信を持って言える。フジロックのことが好きな女はイケている。という話はどうでもよくて、とにかく名前がうろ憶えの男と二人でフジロックに行くのはデンジャラス過ぎると僕は踏んだ。

「そうですねぇ」僕は真っ白なスケジュール帳を確認しながら、「あーその日、ダメかもしれない」と断った。その夜は結局、名前を思い出せず、ずっとモヤモヤしたまま別れた。

翌日、名前がうろ憶えのデザイナーの名刺を、仕事場で一生懸命探した。手がかりはあった。彼の会社名と一緒にした仕事だけは憶えていた。多分「前田」だったはずだ。その会社の名刺の束はすぐに見つかる。「前田、前田」と探してみるが一枚もない。そして、らしき名刺が見つかった。「前野」という名刺があった。裏を見ると自分で描いた似顔絵が、昨日の彼にそっくりだった。

「前野だったか」感慨深くつぶやいてしまうと後輩から「前もそれ言ってませんでした?」とヘラヘラ笑われた。「前田日明は知っているけど、前野って人生に縁がないからさ(仕事で十分ある)憶えられないんだよ」と訳のわからない言い訳をしてしまった。それにしても、一か八かで「前田」と呼ばないでよかった。前野くんの名刺の裏に、〝フジロック〟と書き足してみた。その時ふと他の名刺の名前が目に留まる。「前沢」と記されていた。裏を見ると、似顔絵が昨日の彼にそっくりだった。謎はさらに深まった。

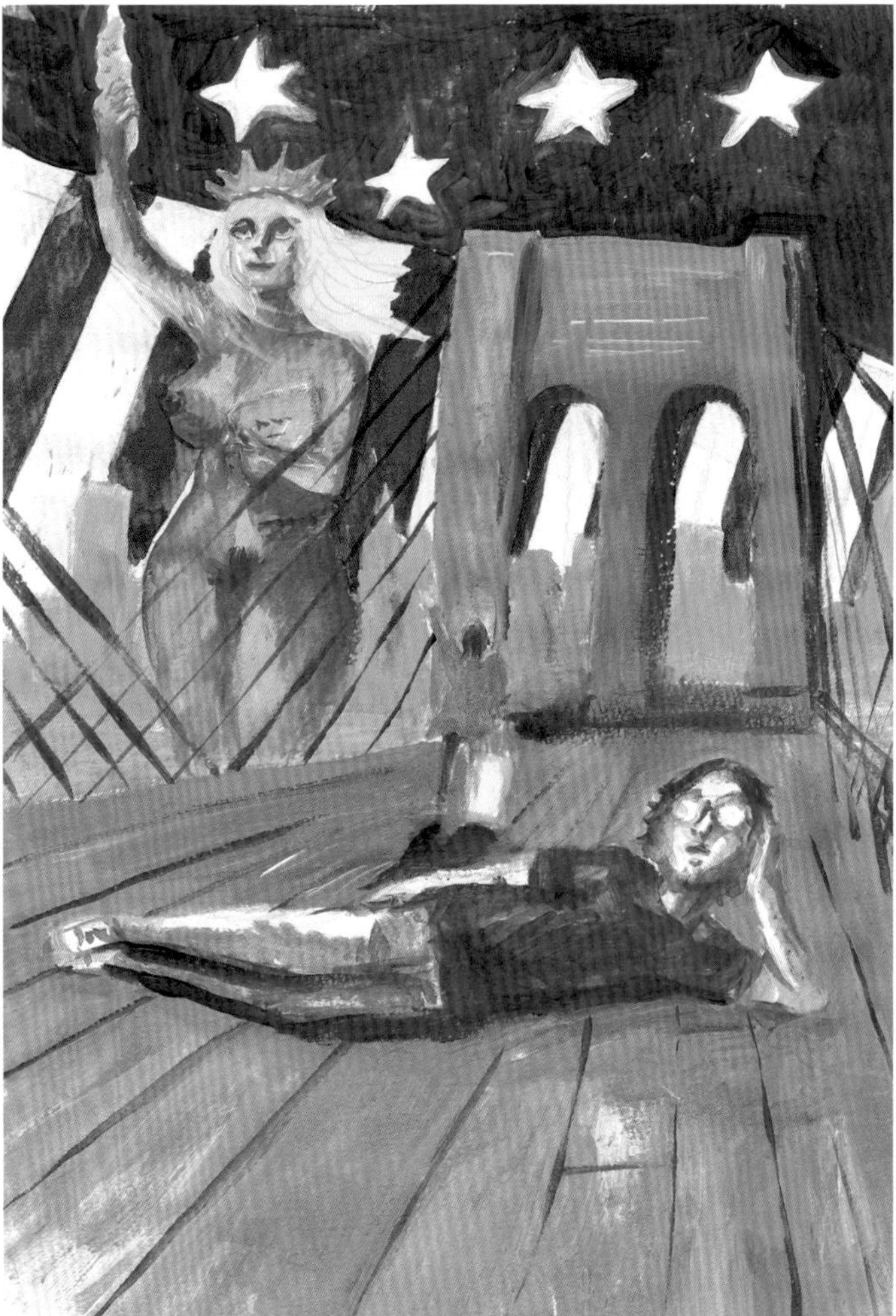

「下心よ去れ」と心の中で唱えていた

テレビなどでたまに特集されるゴミ屋敷の映像を見ると、ここだけの話、懐かしい気持ちになる。昔縁のあった女性の部屋が尋常じゃなく汚かった。彼女はその時大学一年生で、僕は24歳だった。出会いは、きっと人生最初で最後の僕からのナンパだ。日曜の早朝、表参道駅構内にある売店で、彼女は暇そうに店番をしていた。目が合った気がした。僕は一度前を通り過ぎて、千代田線に乗るため階段を途中まで降りた。このまま仕事場に行けば丸二日は帰れない。人もまばらな早朝の駅構内を見渡し、ここで断られたとしても、自分さえなかったことにすれば、それで終わりじゃないか、という考えが頭をよぎった。次の瞬間、僕は階段をもう一度駆け上がって、恥ずかしさが襲ってくる前に「すみません、ちょっといいですか？」と彼女に声をかけた。

「いらっしゃいませ！」

彼女はとびきりの笑顔で僕を迎えてくれる。当然だ。接客業だからだ。

「これから仕事なので、ゆっくりお話しできないのですが（なら早く行け）、今度ごはんでも行きませんか？」

彼女は最初はポカン顔だったが、「あー、はい」と首を傾げながらも承諾してくれた。

「連絡先を教えますんで、よかったら連絡ください」

僕はそう言って手帳をちぎって、電話番号を書いて彼女に渡した。彼女は「わかりました」と言ってそれを受け取ってくれた。それを見届けて僕は一礼し、また階段を駆け下りていった。仕事中、なぜ自分の連絡先を教えたんだ、教えてもらうべきだったじゃないか、と激しく後悔したのを憶えている。

それから余裕で一週間が過ぎる。連絡はない。日曜の早朝に何度か売店を遠くから覗いたけれど、彼女の姿もそこにはなかった。仕方がない、まぁそんなもんだとあきらめて、一か月ほど過ぎた頃、見慣れない番号から突然、電話がかかってきた。

「あの、すみません。表参道で連絡先を教えてもらった者なのですが」

間違いなく彼女の声だった。僕は渋谷の王将で餃子を食べているところだったが、即食べるのをやめて会計を済まして外に出た。そして「もしもし」と改めて聞き返す。

「あの、連絡遅れてすみません」と彼女が言う。「とんでもないです。すみません、あの時は突然――」「いえ、あの私、今ストーカーに遭ってまして」。

「ん？」。なんとなく話がスライダーのように思いもよらぬ方向へ曲がっていくのが、ばかな僕でもわかった。それから彼女は、ストーカー被害について詳しく語り出す。まず、毎日のように男に尾行されていること、そして昨日はついに最寄駅で肩を摑んできたということを涙ながらに話してくれた。富山から上京して日も浅く、頼る人もいないことも打ち明けてくれた。今週だけでもボディガードをしてもらえませんか？と最後は電話口でお願いされてしまう。

下心パンパンだったはずなのに、咄嗟に善人面で快諾し、彼女が通う成城大学に向かった。依頼内容がほぼSPだったので、久しぶりに会った彼女と雑談することもなく、僕は周りに気を配りながら無言で一緒に歩いた。結局その日はストーカーが現れることはなかった。

「ありがとうございます。お茶でも飲んでいきませんか？」

彼女はそう言いながら鍵を開ける。「下心よ去れ」と心の中で唱えながら、「じゃあ」と部屋に入ろうとした瞬間、玄関にまったく隙間がないことに気づく。靴と無数のゴミ袋で玄関は満員御礼だった。部屋の奥も窓が隠れるほど、いろいろな荷物が積まれているのが見えた。彼女はその山の中を当たり前のようにかき分け、中へ入っていく。僕はそのまま音を立てないように、静かにドアを閉めてしまった。

うまいでしょう、一杯三千円です

コーヒー一杯、いくらまで出せるか?という話をデザイナーに振ってみた。「店の雰囲気にもよりますが、だいたいワンコインですかね」と彼は言った。妥当な線だと思った。そして彼にメニューを見せながら「そこでだ、それがわかっていて、なんでこの店にしたんだ?」と問いただしてみた。

メニューの中で一番安いコーヒーの価格が、千二百円と書かれている。その店は、赤坂にある結構有名なコーヒー専門店だった。「知らなかったんですよ。ネットで見たら打ち合わせに向いてそうだなあと思って」と彼はヘラヘラと逃げる。店主が異様にこだわって出すコーヒーは、とにかく量が少なかった。そして「コーヒーなのに紅茶の味がしますよ」とか「コーヒーなのに果物の甘さのような香りがしますよ」など、ウンチクが止まらない店でもあった。普通でいい。普通がいい。ドトールがいい。

デザイナーの彼との付き合いも二年になるが、彼の財布は見たことがない。五つ下なので、彼の分は僕が奢るのが当たり前になっていた。打ち合わせでコーヒーを飲んで、二千四百円。なんらかのニューアルバムの値段だ。

「良いものは高いんだよ」

そう豪語したのは、実家が太いセレクトショップオーナーの佐々木だった。先日、知人の創作レストランのオープニングパーティーに招かれ、顔だけ出して帰ろうとしたら佐々木に見つかってしまい、帰るに帰れなくなった。彼のセレクトショップで取り扱っている商品はとにかく無駄に高い。例えばオーガニック野菜は、そのへんのスーパーの3倍はする。缶詰やパスタなども明らかに市場より割高だった。ただ素材はいい（そりゃそうだろうよ）。「ほら、口に入れるものだから、わかっている人はウチの商品を必ず買うわけだ」と誇らしげに言っていたが、佐々木と違って世の中は万年不況なのだ。その日は、派遣社員とアルバイトを掛け持ちでやっていた知り合いが、ダブルでクビになったという話を聞いたばかりだった。

「ある意味、当たり前の値段ですよ、ウチで取り扱っている商品は」

佐々木の鼻につく話は終わらない。

「お話し中、すみません」

そのとき、創作レストランのオーナーが、僕たちにキンキンに冷えたグラスワインの白を振る舞ってくれた。佐々木は注いでもらったそばからグイッと飲んで、「ウマッ」と凡庸な感想を漏らした。僕も一口飲んでみると、これが本当にうまい。オーナーが「うまいでしょう、一杯三千円です」と嬉しそうに言った。

「そりゃうまいはずだ」

そこにいた全員が口々につぶやいていた。僕はその店を出たあと、ウーロンハイを一杯だけ飲みたくなって、行きつけのラーメン屋に立ち寄った。ラーメン屋の店主が「今週の新作」と頼んでいないラーメンを、僕の前にトンと置いた。さすがに腹は一杯だったので、「さっき食ってきちゃって」と僕は詫びる。行きつけのそのラーメン屋は、毎週新作を出すことで、好事家たちの間では最近話題の店だった。僕の前に置かれた新作は、塩ラーメンをベースに、干しエビの粉末を隠し味にしたものらしい。干しエビのいい匂いがただよっていた。思わず熱いスープを一口飲んでみる。さすがにうまい。

「今週は六百円のところを五百五十円で出せそうなんだ。すげえだろ」

カウンター越しに覗き込むように見ていた店主が、誇らしげにそう言った。なんだか嬉しくなって、僕はさっきあった出来事を皮肉たっぷりに話しながら、結局その塩ラーメンを一滴も残さずに平らげてしまった。

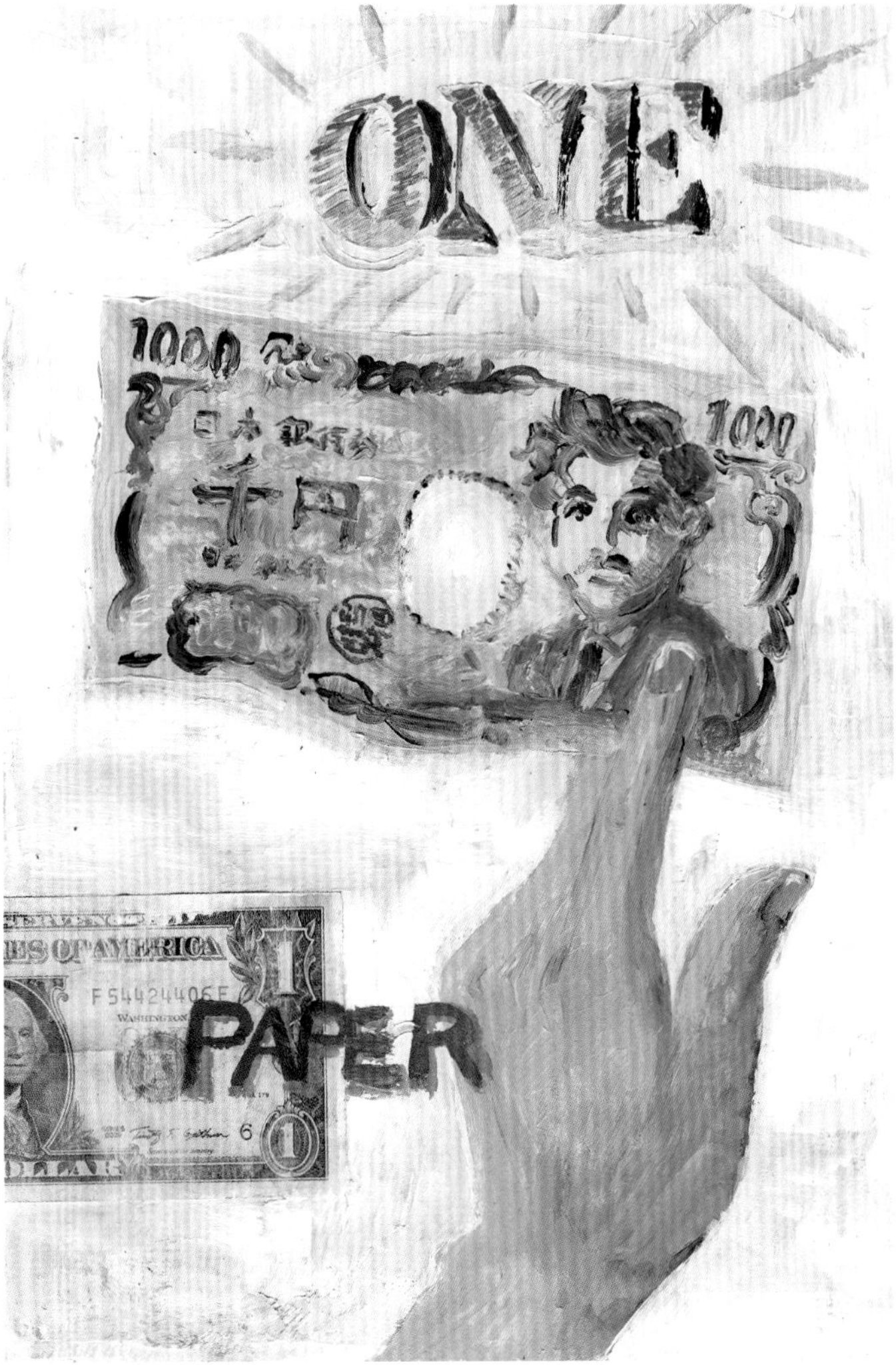
ONE
1000
日本銀行券
千円
1000
PAPER

死ぬってのはそれ以上でもそれ以下でもない

「えっ！」と、思わず腹から本当の声が漏れてしまう出来事があった。今、二村ヒトシさんと隔週でラジオ番組をやっている。その番組が始まる直前に二村さんが、そう言えばさぁ、と話し出した。「今年の一月に一緒に飲んだ、巨漢のAV監督のこと憶えている？」。そりゃ一年も経っていないし、見るからに特徴的な人だったので、いくらなんでも憶えていた。「あー、あのVRのアダルトビデオに関して、ずっとアイデアを話していた人ですよね？」。一緒に飲んだのは新宿二丁目のバーだった。漫画家の新井英樹さんもその日は同席していた。二村さんが、寡黙な彼のことを僕たち周りに補足するように「彼の作品は面白いんだよ！」と紹介していた。彼は新井英樹さんの大ファンだったらしく、終始ご機嫌だったように見えた。僕のことはもちろん知らず、小説も読んでいないとのことで、目の前でスマートフォンをいじって「今買いましたから。読みますね」なんて、わざわざこちらに購入画面を見せてくれた。本当についこの間のことだ。午前二時を回った頃、僕は朝からテレビ局で打ち合わせがあったので、先に帰らせてもらった。

その日から三日後、彼は亡くなったというのだ。二村さんに聞くまで、その事実をまったく知らなかった。あの時はもちろんそんな兆候はなく、今でも事実として飲み込めないでいる。時に人は前触れもなく逝ってしまう。

その事実を知ったすぐあとに、作家の爪切男さんとのトークイベントが新宿であった。第二回目を迎えたイベントのテーマは、「死について」だった。ロックミュージックが爆音でかかる店内でその話をするのはやはり無理があったらしく、イマイチ会場が盛り上がらない。空気を察した爪さんがうまく僕をいじってくれて、イベント自体はなんとかやり切ることができた。「死について」を選んだのは僕だった。選んだ理由は、亡くなったAV監督の彼の出来事と、もうひとつあった。

それは爪さんとのイベント第一回目の時に届いた一通のメールに遡る。送り主は、イベントに申し込んでくれた女性だった。彼女はメールを出す一日前の検査でガンが見つかってしまったらしく、入院することになったのでイベントには参加できなくなってしまった、という内容が書いてあった。

僕はふと「どこの病院ですか？」と返してしまう。知っている病院だった。イベント当日の昼間、彼女が入院しているその病院に見舞いに行くと「本当に来たんですか？」とゲラゲラと笑って出迎えてくれた。僕はベーブルースにでもなった気分で「やあ」なんて言って、恥ずかしさをごまかした気がする。喜んでくれるよね？って感じのノリで行ってしまったんだと思う。点滴をしながらベッドに横になっている彼女から、詳しく病状を聞くともうかける言葉が僕にはなかった。持っていた文庫本を一冊プレゼントして「また来るよ」と軽口を叩いて病院をあとにした。そのあと彼女から何度かメールが届いて、深刻度が日に日に増していくのは理解していた。最後と決めて、もう一度見舞いに行って、その次はもう勇気がなくて行けなかった。彼女の場合、前触れはあった。前触れはあったが、見届けなかったことで、やはり実感が持てないままでいる。

昔、身内の葬式で親戚のおじさんが「死ぬってのはそれ以上でもそれ以下でもないよ」と鼻で笑いながら言っていたのを思い出す。僕は臆病なので、本当のさよならが苦手だ。「またゆっくり」くらいで許してほしい。最近会ってないね、くらいじゃダメだろうか。そして僕はきっとそのうち忘れてしまう。薄らいでいってしまう。あなたも僕のことを忘れるだろう。それがいい。辛かったことも、苦しかったことも薄らいでいってほしい。そしていつかまた、「やあ」なんて言って、すべて忘れて再会しよう。それくらいの綺麗事で、許してほしいんだ。

『働きアリに花束を』

「今日は朝まで起きているので、もしツラかったら連絡ください」

午前一時、そんな優しいメールが届いた。「これ以上、期待に応えられそうになくて」。僕はすぐさま、そのメールに甘えて返事をしてしまった。「よくやってますよ。向いてないことを何年も」。優しい返信がまたすぐに届く。

新大久保の安いビジネスホテルで、僕は完全に煮詰まっていた。この世の中のどこにも居場所がないような気持ちに襲われ、ハラハラしている夜を過ごしていた。基本的に知力、体力、想像力が少なめなのに、すぐに引き受けてしまう癖がある。その場で嫌われたくない、面倒と思われたくないという気持ちがまさって、思わず安請け合いをしてしまう。

「エッセイを一万字で書いていただきたいのですが」というメールに、「ありがとうございます」と即安請け合いしたのは一週間前のことだ。メールには原稿料が明記されていなかった。今さら聞きづらい、仕方がない、書くしかないと思いながら取り掛かったら、ピタリと書けなくなってしまった。そして悪いことに、小説の連載もサクッと安請け合いしていて、そちらも同時に煮詰まった夜でもあった。睡眠なんてもってのほかの夜を、自分でまた作り出してしまった。さらに休職をしているはずなのに、本職のほうも最低限の仕事はあり、メールのやりとりを黙々と並行してこなす夜でもあった。並行がミルフィーユのように重なっていた。並行作業にはコツがある。一つの原稿を書きはじめて、つまずくと水圧弱めのシャワーを浴びる。ジッと5分から10分くらい、頭からチョロチョロとシャワーを浴びながら、クールダウンならぬホットダウンを試みる。そしてまた別の原稿に手をつける。これを繰り返すのだ。行き詰まったらシャワー、行き詰まったらシャワーの繰り返し。現在は、一時間に三回行き詰まって、シャワーまみれの状態だ。

とにかく何も思い浮かばない。こんなにパツパツなのにネットフリックスで、壇蜜のエロい映画をじっくり観てしまう注意散漫さだけは健在だった。そしてまたシャワーを浴びようかと思っている。そんなどん詰まりの時に「今日は朝まで起きているので、もしツラかったら連絡ください」のメールが届いた。送り主は作家の爪切男さんだ。

爪さんと初めて会ったのはいつだっただろう。神楽坂のスナックだった気がする。爪さんの熱心な読者の方々は、僕のことを嫌いな人が多い。爪さんがツイッターで僕のツイートをリツイートするたびに、「あいつはわかってない」みたいな感想を目にしてしまう。そんな（どんなだ！）関係なので、作品自体もまったくジャンルが違うと言われがちだ。でも僕は彼の書くものに、勝手に近しいものを感じている。爪さんもお世辞かもしれないが、そんなようなことを言ってくれたことがあった。いろいろ面倒なので、表でのやり取りは最小限に抑えて、爪さんはこまめにメールをくれるようになった。100%おっさん同士だが、メールの内容は常に付き合いたてのカップルみたいな内容だ。

「爪さん、疲れたよ」

「うん、お疲れ！ すごいよ！ 頑張ってる！ ちゃんと寝てほしいな」

ファニーだ。「そういう個人メールを晒すところが、燃え殻という人間のダサさだ」とまた爪さんの熱心な読者の方々からお叱りを受けそうだ。わかっている。でも書いておきたかった。身の丈に合っていないここ数年の日常の変化を、なんとか狂わずやってこれたのは、爪さんとの深夜のメールのおかげだったからだ。

そんな爪さんがこのエッセイと同じくSPA！で連載していた『働きアリに花束を』が、今週号で最終回を迎えた。爪さんに感謝の花束と、とりあえずのお疲れ様を送りたい。たまには僕にも甘えてください。爪さんみたいにうまく聞いてあげられないけれど。

早い！ 安い！ うまい！ 重い！

深夜二時、恵比寿の焼き鳥屋でお爺さんが、美少女とカウンターの隅で飲んでいた。気にするなと言われても困るほどの美少女で、もう一人は間違いなく寿命が尽きようとしているほどの、ヨーダ似のお爺さんだった。

美少女は自分の手元に鏡月のボトルを置き、隣に座るヨーダ似のお爺さんのグラスが空になりそうになると、すかさずドボドボと注いでいた。

僕は知人のライターとその模様をしばらくジッと眺めていた。ライターとは、二年前からもう話すことが尽きていたので好都合だった。

「あれでは全然お客さんに気持ちが伝わらないんだよ！」

ヨーダが、鏡月を注いでもらいながらそう声を荒らげる。

美少女が「はい！」「すみません！」「はい！」と頭を下げるたびに鏡月のボトルの口が、コップから外れそうになる。

会話の状況を分析すると、舞台の主宰と看板女優のように見えた。反省会と称して飲んではいるが、ヨーダは絶対エロいことを考えているに違いないと思った。それはこちらがその時、エロいことを考えていたからかもしれない。

様子を見ていたライターが、空気が漏れるように「いいなあ」とつぶやいた。それも僕が漏らした言葉かもしれない。ほぼ同時だったと記録してもらって構わない。とにかくエロいオーラが、ビンビンに伝わってくることだけはたしかだった。

ヨーダが鏡月を飲み干して、再度声を荒らげる。

「お前にとって、舞台とはなんだ？」

「はい、えっと」

彼女はうつむきながら真剣に言葉を探しているようだった。

「考えるんじゃないよ！　スッと言えよ、スッと！」

「はい」

「すべてだろ。舞台とは人生だよ」

「ああ、やっぱり舞台だ」。ライターがそうつぶやいた。

「はい、舞台は人生です」。彼女は一度、鏡月をテーブルに置いてからしっかりと、ヨーダの目を見て言い切った。その昭和過ぎる光景が、あまりに嫌過ぎて（エロ過ぎて）僕たちは目が離せなかった。

僕は「人生を懸けてもいい何か」を見つけないことに、密かに命を懸けてきたフシがある。かなり意識的に、それらを後回しにして生きてきた気がする。

昔、長嶋茂雄が「野球は人生そのものだ」と書かれた本の表紙に笑顔で収まっているのを見たことがある。卓球の愛ちゃんが「人生の中に卓球がある」と答えているのを雑誌で読んだことがある。

今朝、午前五時の神谷町の牛丼屋で、バイトリーダー的な若い男が、明らかにお爺さんのアルバイトを怒鳴りつけていた。正直それは、朝の神谷町でよく見る光景だった。

「もっと集中しろよ！　生活かかってんだろ！　いくつになったんだよ！」

一番嫌な年齢の聞かれ方だと思った。バイトリーダーの言っていることはきっと正しい。しかしなんだか重めなのだ。早い！　安い！　うまい！　重い！と思った。

また一つ、出来そうにない仕事が確定した瞬間だった。

「仕事こそ我が人生」「恋愛こそ人生のすべて」的な一点賭けが苦手だ。いや、後々そう思っただけだよ、はわかる。でもライブでそれを言い切られると少々辛い。「辛い」の「辛」という漢字に「一」を足すと、「幸」つまり「幸せ」になるんだよ、という論点ずらしくらい苦手だ。

不潔とケチはモテない

モテる男は時代によって変わると思うが、モテない男の基準はずっと変わっていない気がする。まーまー長く生きてきて自分なりに導き出した答えは、「不潔とケチはモテない」だ。男にも女にも犬猫にも不潔とケチはモテない。中学時代、飼っていた犬のジョンにビタワンをケチって、思いきり手を噛まれたことがある。ケチはモテないのだ。そして人間は放っておくとすぐ不潔になり、気をぬくとケチになってしまう。

とても世話になっている偉い人がいる。世話にはなっているが、一つだけ間違いのないことがある。彼は生粋のケチだということだ。そしてここだけの話、不潔でもある。偉い人に不潔を注意できる人は、社会性がものすごくないか、ものすごい信頼されているかのどちらかだ。僕は両方中途半端なので、彼にケチかつ不潔だということを、言えないまま数年が経った。結果的に、ケチかつ不潔がどう世の中から扱われるかの生体実験を見ることになってしまった。結論はガッチリと出た。カネがあって地位があってタワーマンションに住んでいるのに、ケチかつ不潔だとモテない。最近、彼はモテるために、タワーマンション備えつけのジムに通っていると言っていた。

僕はその話を聞いた時、心の中で彼に訴えかけた。あなたが行くべき場所はジムじゃない、歯医者だ、と。口がドブ臭いのだ。そしてどうにかして歯医者で、ケチも直してもらってほしい。普通の人間なら人生二回分は送れる現金を持っているはずなのに、札の入った財布を出したところを見たことがない。彼と昼飯を食うと「ここは出してよ」と言ってくる。そして食後のドトールで「ここは出すからさ」と小銭をポケットからジャラジャラと出す。ケチ過ぎるのだ。そして人はケチに慣れない。彼と数年一緒にいるが、しみじみと思う。「ケチだなあ」と。

彼のことを昔からよく知っている某社長が「あいつは社会人一年目の時から、口が臭くてケチだった」としみじみ、ざるそばをすすりながら言っていたことがある。

「あいつからカネを取ったら何が残ると思う？」

某社長は僕にそう問う。

ざるそばを食べる手を止め、いつになく真剣な眼差しで僕の回答を待っていた。

「何も残りませんよね」僕はそう答えた。すると「いや、口臭とケチが残る」と言った。

筋金入りなのだ。

先日、スピードワゴンの小沢さんからメールをもらった。

「ねえ、今から焼肉食べない？」

ちょうど締め切りが全部片付いたところだったので、「行きます！」とすぐに返信をして、待ち合わせの店に向かう。すると「わりい、『週刊ベースボール』買ってきて」と小沢さんからメールが入る。最寄駅のキオスクで、『週刊ベースボール』を購入する。指定された焼肉屋に着くと、肉と格闘している小沢さんがいた。雑誌です、と言って『週刊ベースボール』を渡す。「ありがとう。ここは白子のバター焼きが美味しいんだよ」とわざわざ僕の分まで焼いてくれている。「うまいっすねえ」と僕が舌鼓を打つと「知ってる」とニコニコ笑っていた。テレビの中のイメージと、こんなに変わらない人も珍しい。そのあと僕たちは4時間もうだうだ話してしまい、気づくと閉店時間になっていた。

「ママ、お会計」

小沢さんが店のママにお会計を頼む。僕が財布を出すと「いいよ。『週刊ベースボール』買ってきてもらったんだから」とあのハスキーボイスで言う。実はこれは毎回のことだ。この人はモテる。女にも男にも犬猫にもモテる。お会計を待ちながら、いつか小沢さんに雑誌を買ってきてもらわなければ、と心に誓った。

COFFEE
ぶーけ

リーチ
麻雀 ジャンボ
お一人様でも安心して楽しめます。
ジャンボ
5489-3600
ラーメン 天下一

おふくろの味
早い！
安い！
うまい！
ヤシロチェーン

定食ヤ

あなたは女の人に救われた経験はある？

六本木の路地を入って入って、心配するくらい寂しくなったところにある雑居ビルに、月に一回通っている。その雑居ビルの一室で二村ヒトシさんと、『夜のまたたび』というネット配信のラジオ番組を月に一回録っている。二村さんはああ見えて（大失礼）とても優しい。仕事のことや、健康を常に心配してくれる優しさ溢れる人なのだが、話しているとドンドン自分の過去のトラウマ、二村さんが言うところの「心の穴」に行き着いてしまい、いらぬことを思い出すという地獄を経験することになる。その目に遭いたくてラジオ番組を続けているので一向に構わないのだが、先日の放送はかなりディープでコアな「心の穴」にまで辿り着いてしまった。あとから記憶の引き出しが閉まらなくなって数日うまく眠れなくなるという後遺症に襲われた。

番組中、二村さんが「あなたは女の人に救われた経験はある？」と聞いてきた。「あります。というか、そればかりです」と答えると、「うん、そうだよね」と頷かれた。その話に至ったのは「僕だって一発くらい世間に殴り返したかったんです」と話したことが原因だった。「なぜ表現などするのか」「インフルエンサーと呼ばれる人たちってさ」「世の中でうまくやっているように見える人間に君も見えるよ」なんて話がポンポン飛び交う収録だった。たくさんの問いに、現時点での答えを投げ返していると、良からぬ記憶の引き出しが疼き、カタカタとその引き出しが揺れはじめ、閉まっていた記憶が一気に吹き出してしまったのだ。

あれは、小学二年の掃除の時間だった。一年じゃなくて二年だった、間違いない。いつもクラスの中心にいた男が「お前、脱げよ」と笑いながら言った。周りが手拍子をはじめる。「脱げ、脱げ、脱げ」という冷めたコールがクラスにこだまする。輪の中心で囃し立てられていたのが僕だった。女の子たちも教室のところどころにいるのがわかった。その中には僕の好きだった子もいる。その子も笑いながら手拍子をしていた。僕は脱力と共に服を脱いでいった。心臓がキューーッと握り潰されそうになる記憶の一つだ。

あの時、クラスの中心にいた男は国家公務員になり、現在は教育に携わっている。学校でうまくやっていた人間は、社会に出ても基本うまくやっていける。僕は最近まで、この人生はもう仕方がないと半分あきらめかけていた。縁あって、四十を越えて物を書きはじめた時、今までやってしまった不義理や人に知られたくない秘密がバレるかもしれないと悩んだが、後々タコ殴りにされたとしても、一発くらい世間に殴り返したい、という気持ちがまさって書きはじめた経緯がある。あの時、何も抵抗せずに脱いでいった自分の無念を晴らしたい、と心の奥が疼いたのかもしれない。

二村さんが「あなたは女の人に救われた経験はある？」と聞いてきた。あった、そればかりだった。あの囃し立てられた日ですらそうだった。帰り道、泣いていた僕の手を取って、一緒に歩いてくれたクラスの女の子がひとりいた。彼女は家までついて来てくれて、僕の代わりに母親にその日あった出来事をすべて伝えてくれた。母親が呆然としている中、「明日から、わたしが守ります」と力強く言ってくれた。そう言いながら彼女が爪を立てるくらい、ギュッと僕の手を握ったことまで憶えている。彼女も怖かったのかもしれない。彼女の言葉を聞いて僕はうつむいたまま、涙をポタポタとこぼすことしかできなかった。そんなことが昔あった。

二村さんは、うんうん、とただその話を聞いてくれた。僕は女の人に救われた経験がある。というかそればかりだ。彼女は今、どんな人生を送っているのだろうか。どうか幸せであってほしいと心から願っている。

ラジオなんですけど

TBSラジオのブースに入って、イヤフォンをつける。対面には『久米宏　ラジオなんですけど』でアシスタントを務めていたアナウンサーの堀井美香さんが、ニコニコしながらこちらを見て座っている。この景色が現実だと未だ思えなかった。こんな事態になったのは、6月27日に遡る。

僕はその日、二冊目の単行本作りが佳境を迎え、新大久保の安ホテルに缶詰になっていた。数週間、ほぼ人と会わずに改稿作業だけに集中していた。食事は近くのコンビニで一日分を一気に買い込む。テレビはもともと部屋に付いていていない。泊まっていた安ホテルは、基本的にほぼデリヘル用として使用されているらしく、朝から晩まで喘ぎ声が絶えない。喘ぎ声と改稿作業の食い合わせはとにかく悪過ぎる。よってラジオをかけながらの作業が日常になっていた。その日は長年聴いていた『久米宏　ラジオなんですけど』の最終回だった。番組は久米さんの外ロケから始まる。最終回だというのに、いつも通り淡々と進んでいく。それがまた久米さんらしい。

喘ぎ声がまた激しくなってきて、少しラジオの音量を上げようとした時、一通のメールに気づいた。TBSラジオのディクレクターのAさんからだった。「7月12日の日曜日に一時間空いたんですけど、ラジオ番組やりませんか?」。

Aさんは合コンにひとり欠員が出たから来なよ!と誘うように、ポップに天下のTBSラジオで番組をやらないかと誘ってきた。断る理由はない。ただ引き受ける度胸もない。つまり断ろう、とメールを返信しようとした時、艶っぽい堀井美香さんの声がラジオから聴こえてくる。そしてこちらが返信する前に、二通目のメールが届いた。

「で、アシスタントは堀井美香さんでどうですか?」。

本格的に断る理由がなくなってしまった。「引き受ける度胸」なんて言っている場合でもなくなった。「やります、ただ物凄く不安です。打ち合わせをさせてください」とSOSを送った。「オッケーです!」。Aさんから心強い返信が届いた。

しかし結局、打ち合わせが実現したのは、本番三日前だった。「どんな内容にしましょうか」。本番三日前のAさんの言葉だ。グズグズで生きてきたが、ついにここに極まった、と思った。痺れる展開だとも同時に思った。

「ネットで募集して、人生相談なんてどうですか?」。Aさんのざっくりした案が、あっさりと通る。とにかく時間がなかったのだ。堀井美香さんとは、収録三十分前に初めてお会いすることになった。この時点で、どこをどう緊張していいのかわからない状態に至っていた。緊張する箇所が多過ぎて、もうどーでもよくなるという初めての経験をした。会社の五分間スピーチですらプレッシャーだった僕が、ほぼぶっつけ本番でTBSラジオに臨むことになってしまった。

中学時代、父親のテープレコーダーを盗み「こんばんは」と軽快に三宅裕司さんのモノマネをしながら架空のラジオ番組を吹き込むのが日課だった（狂気の時代）。そして高校時代、僕はその中学時代の自分が吹き込んだテープ群を枕元に置いて、夜な夜な再生しながら眠っていた（大狂気時代）。

あれから三十年。三十年経ったら、TBSラジオのブースの中にいた。深呼吸を一つしてからイヤフォンをつける。対面には、堀井美香さんがニコニコしながらこちらを見て座っている。三十年前、テープレコーダーに吹き込む第一声は、「こんばんは」と決めていた（知らん）。ブースの向こうからキューが出る。僕は息を静かに吸う。そしてマイクに向かって、あの頃みたいに「こんばんは」とつぶやいた。

あの時に鳴っていたチャイムの音すら憶えている

「お久しぶり!!　今は仕事なにしてるの？」

SNSに懐かしい人から連絡が届いた。本当に懐かしい。彼との出来事は、いつまで経ってもまったく良い思い出にならない。忘れるように努力すらしていたので、久々に名前を目にして昼飯が食べられなかった。彼とは中学三年以来、一切連絡を取っていない。

「なんとかやってるよ」。返さなくていいのに、なんとなく返してしまった。

「いや〜懐かしいなあ。一緒に行ったゲーセン憶えてる？　あそこ潰れたんだってさ」

即、彼から聞いてもいないない地元情報が返ってきた。「そうなんだ」。素っ気なく返したら一旦静かになった。

あれは、中学一年の掃除の時間だった。その時、チャイムが鳴っていたことすら僕は憶えている。場所は音楽室の前の廊下だった。僕は剣道の練習台にされていた。

「いくぞ、ほら、面！」と彼は振りかぶって、僕のつむじあたりを思いっきり竹ぼうきで叩く。少し外れて、竹ぼうきの先が目に入り、左目が痛くて開けられない。頬にも切り傷ができたみたいで、手で押さえると血がついていた。

「ちゃんと片付けとけよ！」。彼は竹ぼうきを僕に投げつけ、気が済んだのか、一緒にいた男友達数人と教室に戻っていった。

「お前はどこで何やってたんだ！」。そのあと、かなり遅れて教室の後ろから席に戻る途中、担任が僕に語気を荒らげながらそう言った。「なんか目が赤いんだけど、大丈夫？」。座ったまま頬杖をついて、声をかけてきたのは当事者の彼だった。

その彼から数十年ぶりにメールが届いたのだ。一緒に行ったゲームセンターも思い出した。一緒に行って、全部奢らされたことを鮮明に思い出した。

そして続きのメールが届く。

「俺さ、今さ、◯◯ってわかる？　あそこの広告代理店で営業やってるんだよ。今度メシでも食おうよ」

数十年ぶりのささやかなお礼参りとして、それとなく掃除の時間の話を振ってみた。

「え？　マジで？　冗談だったんじゃない？　えーごめん！　マジ憶えてない」

それが答えだった。彼は本当に憶えていないのだろうと思った。こちらは何十年経っても、あの時に鳴っていたチャイムの音すら憶えているのに。彼はそのこと自体、憶えてもいなかった。

先日、まだ二十二才の将来有望な女子プロレスラー、木村花選手がお亡くなりになった。

詳細すべてはわからない。ただ彼女が酷い誹謗中傷を、SNS上で受けていたことは事実だ。亡くなった途端、誹謗中傷を書き込んでいたアカウントが、蜘蛛の子を散らすように消えてなくなったこともまた事実だ。その日、ツイッターのトレンドは彼女の情報で埋め尽くされていた。数日経つと今度は、とある芸人さんが大炎上を起こす。そしてトレンドはその芸人さんの不祥事一色になっていった。亡くなった木村花選手は直前に、飼っていた子猫を所属団体の道場にそっと置いていったらしい。蜘蛛の子を散らすようにいなくなった人間たちは、彼女に浴びせた言葉を一生憶えておくべきだ。安易に書き込んだコメントは安易に消せても、誹謗中傷を受けた相手の心の傷は簡単に消えるものではない。失った命は、二度と戻らない。

　ツイッターのトレンドが数時間であっさり変わるように、誹謗中傷を浴びせた本人たちはすぐに忘れて、また新しい刺激に夢中になるのだろう。

「冗談だったんだよ」

　きっとそんな感じだろう。

　最期に子猫をそっと置いていった彼女の優しさを、僕は忘れずにずっと憶えていたい。

タモってるぞ、あのふたり！

テレビ局の偉い人とお茶をした。その偉い人とは、十年来の付き合いになる。58才の彼は、高視聴率を連発した伝説のテレビマンだ。

「アイスココアになります」

店員が、アイスココアを二つテーブルの上に置いた。夏真っ盛りで、二人とも喉がカラカラだったので、ストローで一気に全部飲み干してしまった。そして一段落ついた彼が、やっと本題を切り出す。

「聞いたんだけどさ、ツイッターというものをお前はやってるんだって？」

伝説のテレビマンには、まだツイッターは届いていなかったらしい。昔、『タモリ倶楽部』でネタにされたらそのブームは一旦終わり、という都市伝説を聞いたことがある。それは彼にも当てはまった。業界では、彼が企画を出したらそのブームの終焉を意味すると、まことしやかに囁かれていた。

「それを詳しく知りたくてさ」とツイッターを終わらせにかかってきた。「詳しくと言われても」とお茶を濁そうとした時、彼が突然「あ！」と僕の会話をさえぎった。そして窓の外を歩いていた若い二人組の女性を指差して「タピってるよお」と気持ちよさそうに言う。そしてこの前初めてタピオカ屋に行ったことも自慢された。自慢がひと段落すると、思い出したようにまたツイッターについて質問をしてきた。なぜ鳥のマークなのか、なぜ140字なのか。身元はバレるのか。全部、ツイッター社に転送したいと思ったが、テキトーに思いついたことをもっともらしくしゃべった。

「俺もそろそろやっぱりやったほうがいいよなあ」

「やんないほうがいいですよ（遅いですよ）」

「そうかな？　お前が言うなら、とりあえずやめとくか」

ツイッターの終焉を僕は寸前で防いだ。

彼はそのあと、もしツイッターでつぶやいたら、炎上どころかアメリカ南西部の山火事くらい広大な土地を焼き尽くしそうな、業界裏話を散々僕に話してきた。

「それはセクハラですね」「あ、そっちは立派なパワハラです」「そしてまたそれはセクハラですね」とそのたびに合いの手を入れた。女性専用車両について、ADの処遇について、とあるアートフェスについて、芸能プロダクションの現在について、それはそれは好き勝手に、伸び伸びとタブーを話し切った。ちょっと前に、野球解説者の張本勲さんのテレビでのコメントが「あまりに老害だ」と話題になり、ツイッターでトレンド一位になったことがあった。その最中、誰かが「でも張本はツイッターなんて一回も見たことないだろうね」とつぶやいていた。そのつぶやき通り、張本さんは次の週も伸び伸びと番組内で持論を展開していた。そしてツイッターの町内会の中では、またジャンジャンと燃えに燃えていた。

僕の知り合いのいわゆるインフルエンサーといわれる男が、去年の十二月にツイッターをやめるという出来事があった。やめた理由は、誹謗中傷に悩まされていたからだった。先日彼に会ったら、しれっと別のアカウントでツイッターを再開したという。承認欲求は、性欲くらい厄介だ。僕もまったく彼のことは責められない。ふとした時にスマートフォンに手が伸びて、エゴサーチをしてしまう。そして静かにミュートを繰り返している。「誰がなんと言おうと知るか」で済むほど達観しては生きられない。それはそれで仕方がないと半分あきらめている。だけど最近、気持ち良くフルスイングで好き勝手なことを話していない気がしていた。58才のその伝説のテレビマンが、「お前も男なんだからさ、もっと頑張れ！」と大声で言った。それも今だとちょっとアレです、とは突っ込んだ。でもその好き勝手が、正直ちょっとだけ羨ましかった。

あの子、見えちゃう子だから

「あの窓の上あたりに女の人の霊が見えます」

深夜二時だった。アシスタントがおもむろにそうつぶやいた。そこにいた男3人は、ゆっくりと窓付近に目をやった。もちろん何も見えない。

彼女がウチの会社にきて一か月になる。自己紹介の時に「えっと、私、時々なんですけど霊が見えます。よろしくお願いします!」と元気に霊能者宣言をした。それからことあるごとに、彼女は霊の存在を口にしはじめる。朝方に仕事が終わって、富士そばに二人で入った時もそうだった。「あそこのあたりです」と彼女が指さした場所は、食器の返却口だった。そこにわざわざいなくてもなあ、と僕が言うやいなや「二体見えます」と複数であることを報告してきた。「返却口に?」と思わず聞いてしまった。一か月くらいはそんな感じで、彼女が見えると言い張る霊話を面白がってみんなで聞いていた。

そういえば中学時代にも、霊が見えるという女の子がいた。彼女は転校生で、しばらくは静かにしていたが、修学旅行で正体を現す。京都の寺巡りをしている時、突然倒れてしまったのだ。救急車が到着するまで、同じクラスの女子がわんわん泣いていた。結局、彼女はそのまま修学旅行中、戻ってくることはなかった。

移動のバスの中、女子の間でヒソヒソと噂が飛び交う。「やっぱりそうだよ」「だよね」「あの子、見えちゃう子だから」。あまりに気になり、噂話の中心にいた女子に「何が見えちゃうの？」と質問をしてみた。

「武士」

その子は真顔でそう言った。「武士？」と僕は思わず聞き返す。その子によると、倒れた子は「教室の後ろにずっと武士が立って私を見ているの」と常々言っていたらしい。彼女の証言通りだと、武士が毎日授業参観をしていたことになる。そして修学旅行にも同じ武士がバスに乗り込んできたと、消灯時間後の布団の中で話していたというのだ。武士同伴の修学旅行という奇想天外な話に、移動のバスの中はザワついた。クラス全員バカだったので「武士は東照宮に帰って来たかったんじゃないかな」と雑にまとめて、その場は納得してしまった。

転校生の子はその後、地元の公立高校に進んで、今度は修学旅行で行った長崎の眼鏡橋で卒倒したと、同じ高校に入った友人から聞いたことがあった。見えるとか見えない関係なく、人生が大変そうなことは間違いなかった。

そしてアシスタントは、先週も元気に霊が見えると報告してきた。

早朝のモスバーガー。徹夜明けの疲れ切った僕が、ただただボーっとしていた朝のひと時に、アシスタントがおもむろに口を開く。

「あの四人席に女の人がひとり座っています」

彼女の指さすほうを僕はぼんやりと見て「そうかあ」と言ってまたボーッとした。その日はもう、霊より疲れのほうが深刻だった。先日、46歳になってしまった。ただ座っているだけで足がつる年齢だ。モスバーガーでもなんの前触れもなく足がつって「ぐあっ！」と奇声を上げてしまい、霊に夢中になっていた彼女がその声に驚いて「ぐあっ！」と呼応するように大声を上げた。霊にすら冷静に対処する人を、真剣に驚かせてしまった。

そしてその夜もまた僕らは徹夜だった。真夜中。編集所で彼女がまた霊が見えると言い出す。もうわかっているよ、と言われそうだがこっちは本腰で疲れていた。

「霊も突っ立ってないで、手伝ってくれないかなあ」

ひとり言のように本音をつぶやいてしまった。その日から、彼女はピタリと霊の話をしなくなった。僕は、彼女にも霊にもホトホト呆れられてしまったのかもしれない。

高尾山以上、富士山以下の過酷さ

フジロックのテントエリアでひとりの女性が5人の男とセックスをした、という話がツイッターで一時期、話題になった。何人かのフジロック経験者から「そんなわけあるかい！」と突っ込まれていたのを憶えている。その時点ではまだフジロック未経験だった僕は、5人は盛り過ぎだが二人くらいならあるんじゃね？的な浅はかなことを考えていた。

去年、この連載に「フジロックに行く女性が好きだ」と書いた。先ほどの都市伝説を信じて書いたわけじゃない。周りに誰もフジロックに行く女性がいなかったので、ただただ憧れからの発言だった。主には雑誌とネットで見かけるだけだった。黒ギャルくらい僕の人生には縁がない存在だった。ほぼUMAだった。その（どの！）フジロックに今年、ついに行くことができた。あらゆる仕事のスケジュールを調整して、3日間すべての日程に参加してきた。

音楽ライターの兵庫慎司さんが「行く？」と誘ってくれたのが、すべての始まりだ。これを逃したら一生行かないという確信があったので、まず「行きます」とすぐに連絡を入れた。兵庫さんから、必ず雨になるから長靴や雨ガッパは持ってくるようにと、事前にメールでクギを刺されていた。その忠告を守っておいてよかった。初日の夕方から、雨どころか豪雨になった。兵庫さん曰く、それにしたってこんなに酷い雨になったフジロックは見たことがない、とのことだった。会場内の子供達が川遊びをするエリアは、濁流と化していた。山道のところどころには、大きな水たまりを超えた沼が出現していた。宿に戻ろうと、足首まで泥に沈む道を歩き、テントエリアの前を通過した時、風呂に並ぶ長蛇の列に遭遇する。簡易トイレもたくさん用意されていたが、それ以上に人がたくさんいたので、こちらも長蛇の列になっていた。風呂もトイレもままならず、テントもひしめき合っている。確かにあの都市伝説には、かなりの無理があるとやっと実感できた。

思っていた数倍、フジロックは登山だった。高尾山以上、富士山以下の過酷さがあった。フェスに行き慣れてないということもあるかもしれないが、とにかく途中から体力的にバテ切った。そして宮沢賢治よりも雨にも負けず、夏の暑さにも負けないフジロッカーたちを目の当たりにして、「フジロックな女」というくくりもまた、勝手に思い描いたイメージだったんだな、と一日目を終える頃にはやっと実感できた。

フジロック二日目、雨はまた笑えるぐらいザーザーと降っている。ステージでは、エゴラッピンが演奏を始める。僕の目の前には、雨ガッパを着ていても醸し出される「カネならあるぞ！」オーラがエグい小太りな男が体を揺らしていた。そしてその横には、カッパを着ていてもスタイルの良さが際立つ美女がいた。エゴラッピンのライブが佳境を迎える頃、雨はさらに強さを増し、痛いぐらいの土砂降りになる。ウェザーニュースによると、会場付近一帯に大雨洪水注意報が出ていたらしい。だが僕にはその時、そんなことはどうでもよかった。小太りな男と美女が大雨の中、ディープキスをしはじめたのだ。女のほうが少し腰を屈め、男の肩に手を回し抱き寄せるような格好でブチューとやっている。そして二人は、ディープキスをしながら音楽に合わせて体を自然に揺らしていた。

「フジロックな女」が目の前に現れた。ドラクエ的にいえば、戦闘力はかなり高い。雨に濡れた地蔵のような僕と、ご満悦な表情を浮かべる小太りな男。フジロックの中にも、しっかりとしたヒエラルキーが存在していた。もうどうにでもなれと思ったが、もう下着までぐっしょりしっかり濡れていて、雨水によってスマートフォンもイカれてしまっていた。もうどうにでもなったあとだった。さらにどっちでもいいと思うが、メガネの左レンズだけが突然割れた。

青春は未だ完結していない

高校時代、僕は狂ったように毎日、学級新聞を作ってクラスの掲示板に貼っていた。そして昼までには不良に破られていた。

それでも学級新聞を作ることをやめなかったのは、言論の自由を守るため……だったわけもなく、何かを表現したい！　だけど楽器も弾けなきゃ絵も下手だ！　運動神経も悪ければ容姿にも自信がない！　ツライ！　エグい！　童貞！　学級新聞あたりで勘弁してやるか、ということからだった。

帰宅部だったので、学校が終わると四時には家に着いてしまう。夕方から『あぶない刑事』の再放送を観て、ピザトーストを作り、準備完了。今日あったこと（早く帰るから基本的に何もなかった）、行事のお知らせ、担任教師を主人公にした四コマ漫画などで紙面を構成していく。振り返るまでもなく、青春の使い方を完全に間違えていた。

僕にもクラスに好きな子がいて、その子も含めてほとんどの女子がひとりのサッカー部の男子のことが好きだった。サッカーに勝つには、学級新聞を充実させるしかない（何を言っているんだ）。真剣にそう思っていた。若さとは恐ろしい。いや、自分が恐ろしい。

「もっと面白い四コマ漫画にしないとモテない」

友人にそう焦りを吐露したことがある。友人はその時五秒ほど考えて「犬を主人公にするのはどうだろうか？」と提案してくれた。彼なりの誠意だったと思う。

結局、努力は報われることなく、僕は卒業を迎える。でも学級新聞は、深夜ラジオへの投稿やツイッターのつぶやき、そしてこの週刊連載などに形を変えて、未だに続いているのかもしれない。

「大井町で飲みませんか？」

放送作家をやっているミラッキくんに誘われて、久々に大井町まで足を延ばした。39歳になるミラッキくんは、ビックリマンチョコの「ヘッドロココ」というキャラクターのトレーナーを着て、駅の中央口まで迎えに来てくれた。あまりに目立つトレーナーに「どうした！」と尋ねたら「しまむらとビックリマンの奇跡のコラボっすよ！　買いっしょ！」と鼻息が荒い。ミラッキくんに放送作家という職業があって、本当によかったとその時に思った。

そのあと彼行きつけのテキーラバーで、テキーラハイボールを飲みながら、なんとなく学生時代の話になった。僕は例の学級新聞の話をしはじめる。「青春と孤独」という誰もが共感するテーマながら、誰も経験していないだろうという、下心があっての公表だった。

すると「まったく同じことをしてましたよー！」とミラッキくんは握手を求めてきた。恐るべし、ヘッドロココ。

彼は高校時代、先生をいかに笑わすかということだけを考えて過ごしていたという。先生が教壇に立った時に一番よく見える場所、教室の後ろの壁一面に「落合博満の生涯成績」を書き込んだ大きな紙を掲示したり、職員室のあらゆるところに落合博満、奥さん、息子の福嗣くんの家族写真を拡大コピーしたものを、ゲリラ的に貼りまくったりしていたらしい。

「まあ、言ってみれば、俺は早すぎたバンクシーだったんですよ。当時SNSがあったら、落合博満シリーズは確実にバズってましたからね」

誇らしげに語る早すぎたバンクシーは、現在日本で一番レギュラーの多い放送作家の一人だ。

「最近、力士の乳首写真に興味があるんですよ。ちなみに俺の乳首の色は豪栄道っすね」

彼はそう言って、ヘッドロココの右目あたりを指さした。彼の青春もまた、未だ完結していないようだ。

1989

たらこ
¥600
ブーブーナポリタン
ブーブーミートソース
(オレンジジュース・

ピザパイ
コーン・サラミ・ツ
ベーコン・ミックス
¥700
特大ナポリタン
特大ミートソース
大もりナポリ
大もりミート

ゴリポンと呼ばれたくなかった

「ゴリポンって呼ばれるのイヤだったんだ」

それは突然の告白だった。中学の卒業間近、彼は掃除の時間にポツリと言った。

「え、3年間言っちゃったよ」

僕は申し訳なくなって、平謝りするしかなかった。彼は体格が良くて、冗談ばっかり言う男で、何よりゴリラに似ていた。でもあだ名が「ゴリラ」ではポップさが足りない。ゴリラに「ポン」を付けてみるのはどうだろう?と言ったのは誰だったろう。なんとなく満場一致だった気がする。中学1年の時から「ゴリポン」というあだ名は学校中に、マッハで浸透していった。夏頃には担任の教師も「はい次、ゴリポン」と呼ぶ始末で、公式マークが付いたあだ名だと思っていた。

それが卒業間近になって突然の「ゴリポンと呼ばれたくなかった」宣言に、僕は静かに衝撃を受けた。考えてみれば「ゴリポン」というあだ名で、思春期を過ごすのはキツかったかもしれない。もし自分のあだ名が「ゴリポン」で、好きな女の子に「ゴリポン、消しゴム取って」と呼ばれたとしたら……悪くない(例が悪かった)。普通はツラい。

「ごめん」。とにかく僕はゴリポンに謝った。キテレツ大百科に出てくる「ブタゴリラ」というのも、よくよく考えなくても思春期につけられたらキツかったかもしれない。あれがあだ名なのか定かではないが、ふと今思い出してしまった。

僕は小学4年の時に『スーパーマリオブラザーズ』をやり過ぎて見事に目を悪くし、親に買ってもらった銀ぶち眼鏡をかけて学校に行くと、秒で「ガリ勉」というあだ名をつけられたことがある。まったく勉強をせず、ファミコンをやり倒した結果、目を悪くしたのに「ガリ勉」。世の中は、いや幼少期は見た目が10割だと思った。

ゴリポンは勉強がよくできたので、学区内の一番頭のいい高校に入学した。卒業式の後、その頃流行っていたサイン帳に「今日で全部卒業!!!」とデカデカと書いていたので、よっぽど嫌だったんだなと再確認した。

その後、ゴリポンと同じ高校に行った友人からの情報が寄せられる。高校の入学式が終わりクラスに戻ると、他の中学から来た生徒に「お前のあだ名さ、ゴリポンでよくない?」と言われたというのだ。同じ中学だった連中は、絶対にゴリポン情報を漏らしていなかったらしい。

「ゴリポン」

そんなに誰もが日常的に使う言葉ではないのに、キッチリ継承されたところをみると、もうそうでしかありえない佇まいだったのかもしれない。結局、高校時代もゴリポンのあだ名は「ゴリポン」になってしまった。

高校時代に一度、コンビニの前でばったりゴリポンに会ったことがある。引き続き「ゴリポン」と呼ばれていることを知っていた僕は「最近どう？」なんて雑談をしながら「あだ名はまだそのままなの？」と聞いてしまった。つくづく自分は性格が悪い。彼はその時、哀しみと可笑しみの間みたいな表情で「最近はもうゴリポンとは呼ばれないんだ」と言った。「え、じゃあ最近は？」。僕はゴクリと唾を飲み込む。

「最近はさ、ポンゴリだよ」

「ポンゴリ……」

僕は思わず反復してしまう。

「ポンゴリ。ポンと呼ばれる時も時々あるけど」

世の中は容赦ない。勝手に呼んで、勝手に飽きて、アレンジが始まって、原型がなくなっていた。そのあと二人でサーティーワンアイスクリームに寄って、ポンゴリにアイスを奢らされた。ポンは派手な色のアイスをうまそうに舐めていた。

ホープ軒の夜、東京の明け方

SNSに、恐怖映像と銘打った動画が流れてきた。面白半分に再生を押すと、目が離せなくなってしまった。怖いからということではない。動画で流れていた霊が出る廃虚の病院に、見憶えがあったからだ。画面の中で、グラビアアイドルの女の子が過剰に悲鳴をあげたその時、後ろの壁に知っている病院のロゴマークが、一瞬だったがたしかに映った。やっぱり僕の知っている病院だった。

あれは社会人になってすぐくらいの出来事だったので、今から23年は前のことになる。僕は毎日20時間は労働に明け暮れていた。またまたそんなオーバーに言って、と思われそうなので、その時の仲間に証言してもらいたい。その時の仲間はきっと「彼の言っていることは間違っています。23時間労働です」と言いかねない。僕たちのスケジュールには、睡眠と食事の時間が計算されていなかった。福利厚生という言葉がウチの会社にまで届いたのは、僕が二十代の後半を迎えた頃だったと思う。それまでは社長に「フジテレビまで最短距離で配達してこい！　レインボーブリッジで行ってこいよ。タイム計ってるからな」と冗談ゼロで何度か言われたことがあった。その頃の会社には原付バイクしかない。

そしてもちろん原付バイクでレインボーブリッジを走行することは禁止されている。あまり時効じゃないかもしれないが、結論からいうと僕は真夜中のレインボーブリッジを原付バイクで疾走していた。体をできるだけ屈めてほぼノーブレーキで、アクセルはもちろん全開だった。ちょっとした段差で、車体が大きく揺れて何度も転びそうになった。すぐ横を大型トラックが猛スピードで迫ってきて、ギリギリまで幅寄せされたこともあった。生きた心地がしなかった。そんなような出来事が山ほどあった。山ほどあった一つを書いていたら、もう一つ地獄みたいなことを思い出した。真夜中、築地本願寺近くにあった編集所に呼び出され、左目を正拳突きされたのだ。理由はまったく憶えていない。多分大した理由などなかったからだと思う。

そんな時代でも、クライアントに友人と呼べる男がひとりいた。同郷だったこと、チワワ並みに気が弱かったことが仲良くなれた理由だった。彼は制作会社のADで、みんなから「骨折」と呼ばれていた。ロケで骨折、先輩に蹴られて二度あばらを骨折したことからそのあだ名がついたらしい。彼と一度、ホープ軒にラーメンを二人で食べに行ったことがある。二人でラーメンをすすりながら、何か大切な話をした気がする。だがその時話した内容を、今なってはどうしても思い出すことができない。水商売っぽい黄色い服を着た女の人が、僕たちの横で美味しそうにラーメンをすすっていたことは憶えているというのに。

冬の夜だった。その日はお互い珍しく休みで、空が白んでくるまで駐車場に停めた彼の白い軽自動車の中で、ずっと何かを話していた。

その後まもなく、彼はロケで腰と左脚の骨を折る大事故に遭ってしまう。僕はしばらく仕事が立て込んでいて、お見舞いに行くことがなかなかできなかった。「普通に歩くのは難しいみたいですよ」という重い事実を他のADに聞き、足が遠のいてしまったことも否定できない。意を決して、数週間後にお見舞いに行ってみた。その頃には、彼はリハビリも兼ねて病院内をひたすら散歩することを日課にしていた。一緒に歩きながら、何か大切な話をした気がする。だがその時の内容もまた、今なっては正直どうしても思い出すことができない。彼が仕事場に顔を出すことは、そのあと一度もなかった。

あの時、手すりにつかまりながら、彼が一生懸命歩いていた廊下が、SNSの中で肝試し映像として一瞬だけ映った。

あの病院が廃虚になるほど、月日だけは流れてしまった。彼との思い出を書いていたら、もう一つだけ思い出したことがある。あのホープ軒の夜。東京は明け方、雪がちらついていて、軽自動車の中から僕たちは曇り空を覗き込むように見上げていた。

BECK

スタンプひとつで済まないくらい人生かけてやっている

編集者の人とのやりとりは、主にLINEを使っている。「今、原稿送りました」と送信すると、おじぎのスタンプがポンと届く。現代の書き手と編集者は、ここまでポップになってしまった。なんとなく、よっぽどじゃないと僕はスタンプは使わない。

昼間の仕事はテレビ番組を作る裏方業をやっている。分刻みでスケジュールが決められているので、メールだけのやりとりはありえない。「メール見てませんでした」が起きる可能性があるからだ。そもそもそんな奴は一発退場だが。

ある日、昼の仕事でありえないミスをしてしまった。生放送中に司会者がフリップをめくると、ノリが強すぎてうまく剝がせなかったのだ。テレビ局に呼び出しをくらって、しこたま怒鳴りつけられた。日比谷線の終点、中目黒駅についても、あまりに凹み過ぎて魂が戻ってこず、立ち上がることができなかった。駅員に声をかけてもらって、やっとこさ降りることができた。それくらい生命エネルギーが底を尽いていた。一旦休もうとホームのベンチに座った時、スマートフォンが鳴る。相手は先ほど怒鳴っていたディレクターだった。

「お前さ、もう二度と同じミスするなよ。とりあえずまた明日頼むわ」

それだけ言うと彼は一方的に電話を切った。精神的にはやられたままだったが、もう一度頑張ってやってみるしかない、と思えたのもたしかだ。そしてこの二十年間で、こういうことがまま起きてきた。よくやってきたよ、自分。

なんとか仕事場に戻ると、新人が会社を辞めたいと神妙な顔で言ってきた。理由はいろいろあるみたいだったが、簡単に言えば「つらい」の三文字だった。怒鳴りつけられたあとだったので、わからんでもなかった。その場でうまく引き止める言葉を、伝えることができなかった。明日もう一度話そうか、とだけ言ってその日は別れたと思う。翌日、その新人の姿はもう仕事場になかった。代わりに僕宛に、一本の電話がかかってくる。

「こちらは退職代行サービスの者です」

電話口から聞こえてきた言葉に一瞬ひるんだ。昨日辞めたいと訴えていた新人は、退職代行サービスを使って辞めていった。代行の人から「今後一切、直接連絡を取らないでください！」と念押しまでされた。揉めたつもりはなかったので驚いたが、一刻も早く、僕の顔も見たくないくらいの勢いで辞めたかったのかと考えたら、そのあと結構落ち込んでしまった。

気が滅入ってても週刊連載の締め切りはやってくる。その日の深夜、渋谷の漫画喫茶にこもって原稿を書くことにした。書き進めている最中にふと、編集者に頼み事を一つしていたことを思い出し、メールでその内容を確認する。「すみません、立て込んでいたので、まだ対応できてませんでした！」と爽やかな返信が届く。「その期限、今夜なんですけど」と返すと「速攻対応します！」の連絡が入り、結果ギリギリ……間に合わなかった。自分としてはかなりの重要事項だったので「どういうことですか？」と大人気ないこと承知で怒りと悲しみを込めたメールを送ってしまった。編集者からは、社会人らしい謝罪メールが届いた。そういうこともあるか仕方ない、とまた気を取り直し、落ち込みながらも書き切った原稿をその編集者に送った。すると、いつも通り陽気なスタンプがポンと届く。待ってくれ、それはいくらなんでもポップ過ぎる。四十超えた男が真剣に一秒前にキレたばかりじゃないか。「いくらなんでも変わり身が早すぎる」と思わず返してしまった。そのあと編集者のＬＩＮＥからスタンプは消え、よそよそしくなって現在に至る。通夜みたいなテンションのやりとりが続いている。それはそれで相当やりづらい。

小龍包

「その夜の天使」みたいな人だった

新橋のはずれに小さなスナックがある。数年前までそこでよく仕事の打ち上げをやっていた。正直に話すと、クライアントがそこのママとデキていて、打ち上げの二次会はその店を使うのが暗黙のルールになっていた。半地下のその店は、カウンターに椅子が六つ、それに四人座れるテーブル席が一つと、こぢんまりとしていた。聞いたこともない名前の演歌歌手のポスターが、店内の壁に所狭しと貼ってあった。トイレにもこれまた聞き憶えのない劇団の聞いたこともない演目のポスターがドーンと四方に貼ってあった。

店を手伝っている女の子は、常時二人くらいはいた。ひとりはコロコロ変わる感じだったが、もうひとりは少なくとも僕が通っていた間はずっと同じ子だった。

最初に店に行った時「ケイです、二十六歳です！」と挨拶をされた。彼女と最後にその店で会った時も「ケイです、来月二十六歳です！」とウチの新人に言っていた。彼女はとにかく陽気で、鏡月を時にラッパ飲みするようなノリで場を盛り上げる人だった。そして酔うと、誰彼かまわずキスをするキス魔でもあった。今ではきっといろいろダメな人かもしれない。ただあの頃の僕らにとっては「その夜の天使」みたいな人だった。

彼女と関係を持った男を、僕は何人も知っている。「何人も」を数えると、歴代仮面ライダーが全員集合したくらいの人数になるかもしれない。突然重い話をひとつすると、その店のママとデキていたクライアントが、二年前の秋に急死してしまった。それも、ママとの箱根旅行中に、心臓の持病で急死されたという。葬式には出席しなかったが、さぞや複雑な式になったことだろう。ただ個人的には、それはそれで幸せだったんじゃないかと思いながら心の中で手を合わせた。それからみんな、パタリとその店には行かなくなった。

先週、編集者との打ち合わせ場所に迷って、新橋をウロウロしていると、その店の前に急に辿り着いてしまう。疲れた暖簾も枯れた植物も季節はずれの風鈴も、あの時のままだった。好奇心が勝って、僕は店のドアを勢いで開けてしまった。「あー、すみません、20時からなんだ」と気だるそうにママがこちらも見ずにそう言った。

「ども」と僕は挨拶をしてみた。

「あらやだ」

ママは吸っていた煙草を流しに放り投げ、カウンターから飛び出てきて、僕を思いっきり抱きしめてくれた。「元気?」「今は?」「仕事辞めた?」「辞めな!」「痩せた?」。ママからの言葉が止まらない。僕はテキトーに答えながら、抱きしめられたまま、店の中をぐるっと見渡す。相変わらず聞いたこともない名前の演歌歌手のポスターが貼ってあった。

小さな厨房に、店の準備を忙しくしている女の子が、二人いるのがわかった。その二人とも見たことのない女の子だった。「ケイさんって、どうしました？」と僕はママに尋ねてみた。

「あの子さ、常連の丸い顔したサラリーマンとくっついたんだよ。結婚するからって、それでウチを辞めてさ」

瓶ビールを手際よく開けて、グラスに注いでくれながら、そう教えてくれた。

「あの子、そうなると真面目だからさ。酒までやめたんだけどね」とママは続ける。

「だけどね？」。僕にはその言葉が引っかかった。

ママはマッチを擦って、細い煙草に火をつけた。

「最期は肝臓がん。去年の終わり。亡くなっちゃったんだよ、あんな元気な子が」。寂しそうに笑いながら、フゥーッと煙草の煙を口から吐いた。その日、編集者も呼んで、数年ぶりに鏡月のボトルを入れて、ケイちゃんに献杯をした。

「あんたもケイちゃんとなんかあったでしょ？」。突然、ママに茶化された。その時、店の女の子が「このボトルってどこに置きますかあ？」とタイミングよく声をかけてくれた。

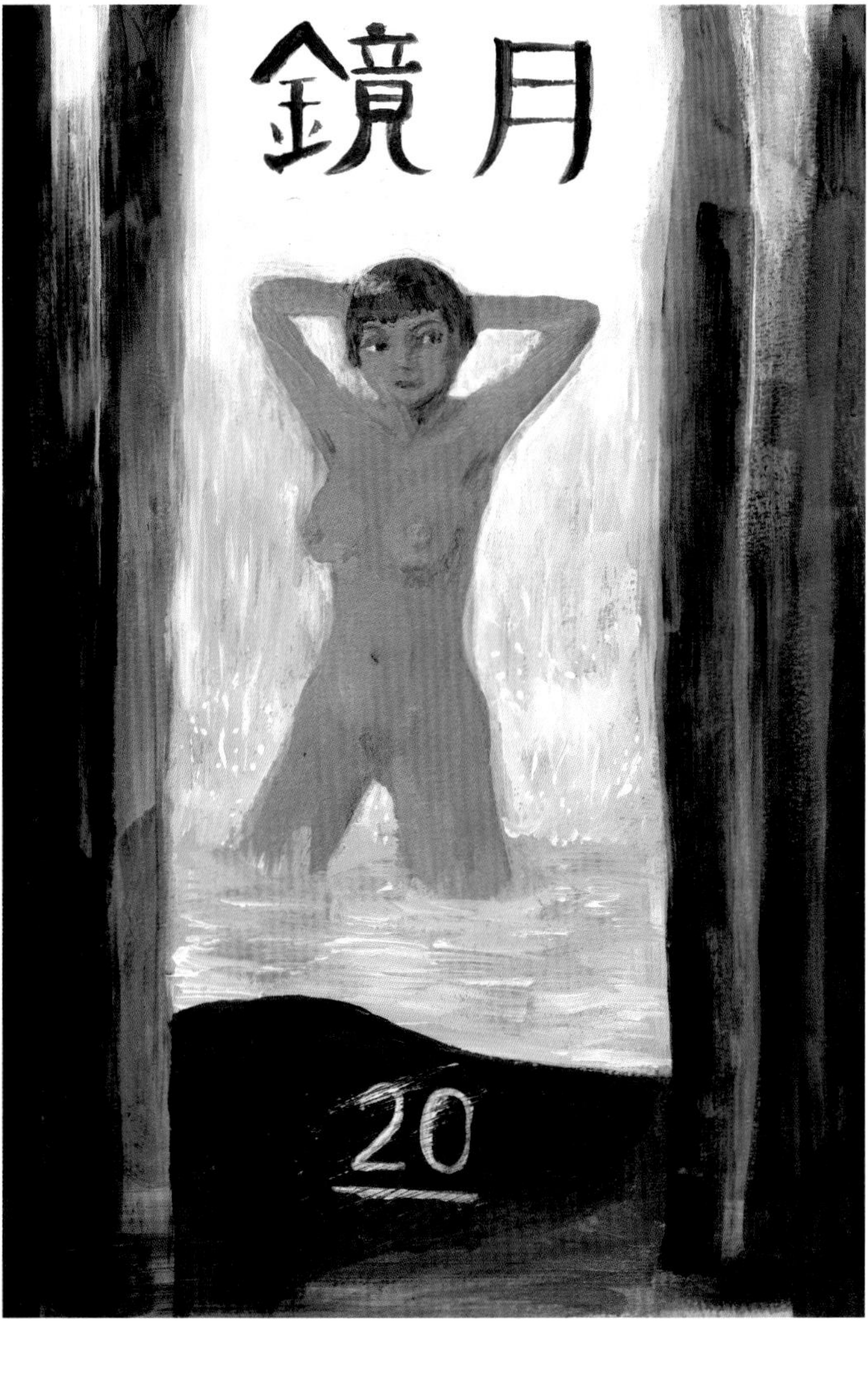

鏡月
20

僕は二度とこの場所に辿り着けない

若い頃、働いている人のほぼ9割が外国人という場所でアルバイトをすることが多かった。みんなとワイワイやるのが苦手なこともあって、工場勤務やラブホテルの清掃員、雑居ビルの清掃員など、振り返ると清掃員多めのアルバイト歴になってしまった。もし今の仕事で食えなくなったら、やっぱり似たようなものを職業として選ぶと思う。僕が仕事に求めるものは、最低限のコミュニケーションと明確な作業内容だ。「自分で考えて行動しろ」とアルバイト中に強めに言われて、考えた結果「帰りたい」しか思い浮かばず、そのまま帰ってしまったことがある。あの頃の自分の社会性のなさには、我ながら引く。

清掃員多めのアルバイトのなかでも、ラブホテルの清掃員という仕事はまさに「最低限のコミュニケーションと明確な作業内容」の理想型で、世間の想像よりもかなり居心地が良かった。僕が働いていたところはラブホテルといっても、正式には「旅館」の名が最後につくグレーな宿泊施設だった。グレーだったので、年の離れた訳あり男女がよく利用していた記憶がある。

「年越し、シフト入れるよね？」

ある年、オーナーの婆さんが、クリスマスイブも平然とシフトに入っていた僕に提案してきた。何もなかったが、とりあえず一回断ってみた。これは何もない男の意地だ。すると婆さんが見透かしたように「年越し手当で一万円出すからさ」と逃してくれない。僕は、「やります」と秒で快諾してしまった。

大晦日、意外なことに客の入りは驚くほど悪かった。やはりここで年越しをするのは、いくらなんでも一年が思いやられるという賢明な判断が、常連の方々にもあったのかもしれない。暇をもてあました婆さんと同僚のアジア系女性たちと僕は、受付の裏で実家みたいにくつろいで、みかんを食べながら紅白歌合戦を観ていた。

その時、受付のチャイムが鳴る。僕は暇潰しも兼ねて、階段を上がるふりをしてチラッとカップルの様子をうかがった。女のほうは二十代前半で、いかにも清楚な感じの長い黒髪とブラウンのコートがよく似合っていた。良いところのお嬢さん、という感じだ。男のほうはというと、どう見ても八十代くらいの老人で、トランペットか何かの管楽器のケースを肩に担いでいる。同じ楽団か、有名な音楽家とそのファンだったりしたのだろうか。二人が並んでいた構図が尋常じゃなくパンチが効いていて、今でもたまに思い出してしまう。先日、その旅館があった界隈に行く用事があったので、懐かしさついでに立ち寄ってみることにした。しかし、どうしてもあの旅館を見つけることができなかった。潰れてしまったのかもしれないし、働いた期間も短かったので、あった場所を勘違いしたのかもしれない。ただ、途中で見つけた酒屋には微かに見憶えがあった。昔その旅館に行く途中、よく前を通った記憶があった。その酒屋の横には小道があって、試しに進んでみると、その先もまたラブホテル街が続いていた。電飾がチカチカしているラブホテルに挟まれるように、新しめのアパートが一棟だけ建っていた。そのアパートは夕暮れ時なのに、どの部屋にも灯りがついていない。一階の端の部屋には、冷え切った洗濯物が干したままになっていた。街の中で、そこだけ穴が空いたように暗かった。僕は二度とこの場所に辿り着けない予感がした。

もしかしたらあのアパートの建っていた場所が、旅館の跡地だったのかもしれない。冷え切った洗濯物を干したままの部屋の住人は、あの部屋で紅白歌合戦を観ながら年を越したりするのだろうか。

自分で見つけたものしか自分の中に残らない

叩かなくてもホコリが出る人生を送ってきてしまった。少々のズルや過去の改ざん、大声では言えない後ろめたいことを抱えながら、四十六才まで生きてきてしまった。それが縁あって、本業をキープしたまま週刊連載を持ち、たまに小説を執筆し、時にイベントにすら登壇する日常が始まってしまう。これはもう本当に予想だにしなかった現実で、自分のB面がいつバレてしまうのか、ハラハラしながら生きることになった。それでもやはりやりがいのある仕事と断りきれない発注の連続で、数年やってきてしまった。「あの件を知ってから読み返すと、変態が書いた文章にしか読めません」と言われる日が近い気がする。千代の富士並みにあらゆる限界をビンビンに感じながら、今週もまたこれを書いている。ここまできたらもう仕方ない。ある程度、開き直るしかない。世の中には変態がバレた人間か、まだバレていない人間しか存在していないと信じるしかない。

かろうじてまだ変態であることがバレていないはずなのに、どこで匂いを嗅ぎつけたのか、なかなか個性的な人たちからのメールや待ち伏せを最近よく受ける。前にも「あなたのベンツに尾行されています」というメールが来たことを書いたが、最近その送り主は、証拠写真と称したものまで添付してくるようになった。こちらは未だに生粋のペーパードライバーなのだが、ベンツの写真が添付されていて、メールには「どうして尾行をするんですか？　あなたの愛が重いです」と書かれていた。どうしたものか、本当に困っている。

先日、イベント終わりに声をかけてきた男性も、なかなかグッとくる個性的な人だった。鹿児島から来たという彼は「イベントのあとに朝まで一緒に飲みたかったので、仕事を辞めてきました！」と満面の笑みで、サイバーパンクなことを口にした。一緒に登壇した作家やスタッフの方々が、一瞬で凍りついたのがわかった。男性はその間も、ガッチリ満面の笑みのままだ。その場をとにかくどーにかしないと迷惑がかかると思ってしまい、「じゃあ、とりあえず軽く行きましょうか」と気づいたら口走っていた。

言ってしまったものは仕方ない、満面の笑みの彼もすぐに刺したりする感じでもない。いける（何がだ）。僕はもう手を繋ぐ勢いで、イベント会場近くの行きつけの焼き鳥屋に、彼を連れて行った。彼は一昨日、四十四才の誕生日を迎えたらしい。やり直しが難しい年齢だ。家賃も滞納していると、これまた満面の笑みで教えてくれた。

彼は、とあるオンラインサロンに月謝を毎月納め続け「とにかく人生は一度きりなんだからやったもん勝ち！　会ったもん勝ち！」という教えを信じていろいろ行動してみた結果、見事に食い詰めてしまった、という話をやけに感動的な話みたいに語ってくれた。そして流れ流れて今日、僕のところに来たというのだ。そんなに自己啓発な人たちに傾倒していた人が、なぜに僕のような啓発不足なところに来たのか、と率直に聞いてみたら「先生の小説に感銘を受けたんですよ!!!」と、焼き鳥屋の客、従業員、全員が振り向く大声で彼は叫んだ。いけないいかもしれない（判断が遅い）。

「先生っていうの、まずやめてみましょうか」と説得を試みるも「先生！　どうすれば俺にピッタリの仕事が見つかりますか？」と畳み掛けてくる。仕方がないので、僕はその焼き鳥屋を知った経緯を話すことにした。それは数か月前の出来事だった。たまたま打ち上げで、人に連れてきてもらったのが最初だった。また行きたいなと思った時、僕は焼き鳥屋の場所をまったく憶えていなかったことに気づく。店に連れて行ってくれた人たちとは、気軽にメールをやり取りできる間柄ではなかった。仕方がないのでネットで調べて、当たりをつけ、ぐるぐる回ってやっと見つけることができた、という話をしてみた。やっぱり「人から全部教えてもらう」は調子が良すぎる気がする、身につかないような気がするんだ、そんなような話を彼にした。その日、彼が僕の話に納得してくれたかは、まったく自信がない。だけど彼に言えることは、僕にはそれしかなかった。

「生粋の社会人」なんているのだろうか

先日まで昼時になると、仕事場近くにある居酒屋によく通っていた。その店は昼間にランチ営業をやっていて、値段も手頃だった。店主もニコニコと常に笑顔で、とても感じのいい人だった。ランチのメニューは煮魚定食と生姜焼き定食の二択だったので、ほぼ毎日通っていた僕は、その二つを交互に食べていた。

ある日、その店でランチを食べたあとに郵便局に寄ったことがあった。自分の番号が呼ばれるまで、イスに座って順番を待っていたら、先程の店の店主が隣の席にたまたま座った。お互い「あ、どうも」と笑顔で挨拶をして、二、三言葉を交わしたと思う。そして、そのあとまったく会話が続かなかった。順番が呼ばれるまで、どうしていいかわからない時間がただただ流れた。僕は先に呼ばれたので、「あ、ではまた」と言って別れたが、その一件のあと、なんとなく店から足が遠のいてしまった。

大して気にする必要もないことで、疎遠になってしまうことが多い。高校一年の入学式、出席番号が僕の次だった男から「今日から友達になりませんか?」といきなり提案されたことがある。彼は中学時代になかなか友達ができず、高校デビューというか、高校では絶対友達をたくさんつくると決めていたのだという。僕も友達をつくるのが苦手だったので、正直嬉しかった。登校初日は、高校生活が華やかになる予感に満ちていた。

が、それからしばらくすると彼はクラスの人気者グループにスカウトされてしまう。彼はテストの成績が良くて、サッカーが得意だったのだ。高校時代にその二つを持ち合わせている者は、日本シリーズのソフトバンクホークス並みに磐石だ。

彼と僕とは、ハッキリと主流派と非主流派に分かれることになった。そして関係はハッキリぎこちなくなり、下駄箱や廊下でバッタリ会っても、軽く挨拶はするものの、そのあともう何も話が続かなくなる関係になってしまった。そして数か月後には、完全に話さなくなってしまった。

昔から、一度できた「ぎこちなさの壁」の乗り越え方がわからない。先日も、またひとりの人間と疎遠になる出来事があった。とある会食の席で、有名な写真家の男性と知り合う機会に恵まれた。彼は気さくな人で、僕の書籍もわざわざ読んでくれていた。その会食の席で、彼は趣味のフットサルの話をずっとしていた。僕はフットサルとは縁のない人生を歩んできてしまった。それなのに「今度一緒にフットサルやりましょうよ！」という彼の無邪気な誘いに「お願いします！　楽しみだな！」と食い気味に答えてしまった。我ながら本当に学ばない。

当日、人工芝の上で金縛りのように棒立ちになっている僕を見て、彼は「とりあえず今日は休んでいてください！　今度ちゃんと教えますから」と社会人として正しい対応で、僕をベンチに引っ込ませた。その後、彼から連絡がくることはなかった。こちらから連絡するという選択肢は、僕にはハードルが高過ぎる。SNSを見ると元気そうにフットサルをしている写真が上がっていたので、たまにネットでチラ見するくらいにしようと思った。

嫌いになったわけじゃない人と会えなくなるのはもちろん寂しい。ただ「ぎこちなさの壁」が生まれると、その段差が果てしなく高い壁にあっという間に成長して、乗り越えられなくなってしまう。そんな時に、僕は自分がうまく社会人になりきれていない気がして、ホトホト自分にガッカリする。でもこの世に「生粋の社会人」なんているのだろうか。みんな「劇団社会人」に属していて、それらしく演じるのが上手い人と下手な人がいる、ただそれだけな気がしてならない。僕がそんな風に思いたいだけなのかもしれないが。

分電盤

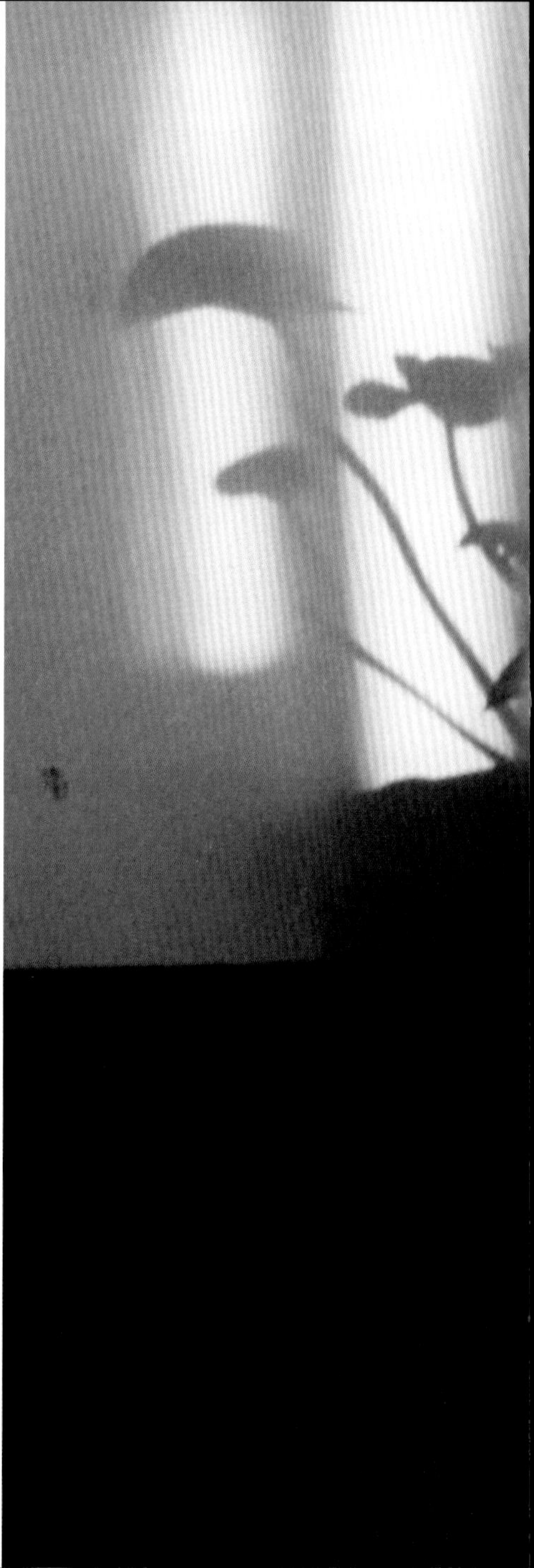

なんでも馴染んで生きている人は眩しすぎる

2020年5月25日に緊急事態宣言が解除されたが、引き続き感染予防を意識して暮らしてほしいという要請に基づいた「新しい生活様式」なるものが国から示された。世の中の常識があっさり変わる瞬間に立ち会ってしまった。強制力のない要請レベルの国や都のお願いは、限りなく強制に近いニュアンスでニュースやネットで報道されている。一方、補償のほうはというと「強制じゃないので」を後ろ盾に、漠然としか示されていないように見える。営業をしている商店やレストランなどに「今、なぜ営業をしているんだ！　やめろ！」という張り紙がされたり、投書が届いたというニュースも小さく報道されていた。「自粛警察」なんて言葉がネットで発生し、茶化しながらも相互監視は日に日に強くなっているように感じる。こっちも閉めているんだから、お前も閉めろ。あっちがやっているんだから、こっちも開けたい。みんながみんな、チラチラと横目で周りを見ながら、心がささくれだっている感じがしている。

うちの親戚には祖母が亡くなるまで、必ず正月に祖母の実家に集まる習慣があった。強制ではないが基本的には「来るよね？」という無言の圧力があった。祖母の実家と僕の家はもともと近かったこともあり、日常的によく祖母とは話していた。何かの用事で、今年はちょっと正月に行けないかもしれない、ということを両親に伝えたら「それくらいは出なさい。常識だぞ」と言われたことがある。その会は親戚一同が集まり、箱根駅伝を見ながら各々の家族が近況を語ったり語らなかったり、おせち料理をつついて、夕方くらいにはお開きになるというユルめの集まりだった。「今年もよろしくお願いします」と最後に言って、一年間、基本的に誰か親戚に不幸などがない限り会うことはない。僕が物心ついた頃にはそれがもう当たり前の常識になっており、祖母が亡くなったとしても永遠に続くものだと思っていた。

しかしそれは、祖母が亡くなった途端に終わりを迎えることになる。親族の一部が「もう集まらなくてもいいのでは?」と疑問を呈し、それに反対する親族もいたが、それならそれでと欠席する親族も出てきた。「常識だ」といさめられた正月の集まりは、こうしてあっさりと幕を閉じた。みんな、祖母が亡くなるまで、目配せをしながらあっちが出るんだから、こっちも出るかでやってきたんだと思った。それだけじゃないと、きっと両親、親戚には反論されそうだ。きっとそれだけじゃなかったとは思う。ただ、常識とされていたことがあっさり終わったのは事実だ。多少のいざこざは残ると思うが、それも習慣に吸収されていくのだろう。そしてまた新しい常識が、何かしら立ち上がっていくはずだ。

「常識」「礼儀」に目くじらを立てる人間には「そんな声を荒らげなくてもいいじゃないか、数百年前から伝わっている伝統芸能じゃないんだからさ」と言いたくなってしまう。

国から「新しい生活様式」を提示されるまでもなく、ここまで人々の日常の時間の使い方が変われば、社会の常識は変えざるをえない。エクセルすら疎いクライアントが「夕方、5時からオンライン会議よろしく」とメールをしてきた。ずっとやってきた当たり前みたいに、先週あたりに憶えた「オンライン会議」という単語を常識化しようとしていた。常識を習慣化することがめっぽう苦手で、ずっとドタドタ生きてきた僕からすると、そうやってなんでも一瞬で取り入れ、いち早く習慣化できる人は少し眩しすぎて苦手だ。眩しい人が近くにいると、いらぬ嫉妬を憶えてしまうので、距離を取って生きていきたい。そこに関してこそ、「ソーシャルディスタンス」という言葉を積極的に使っていきたい。

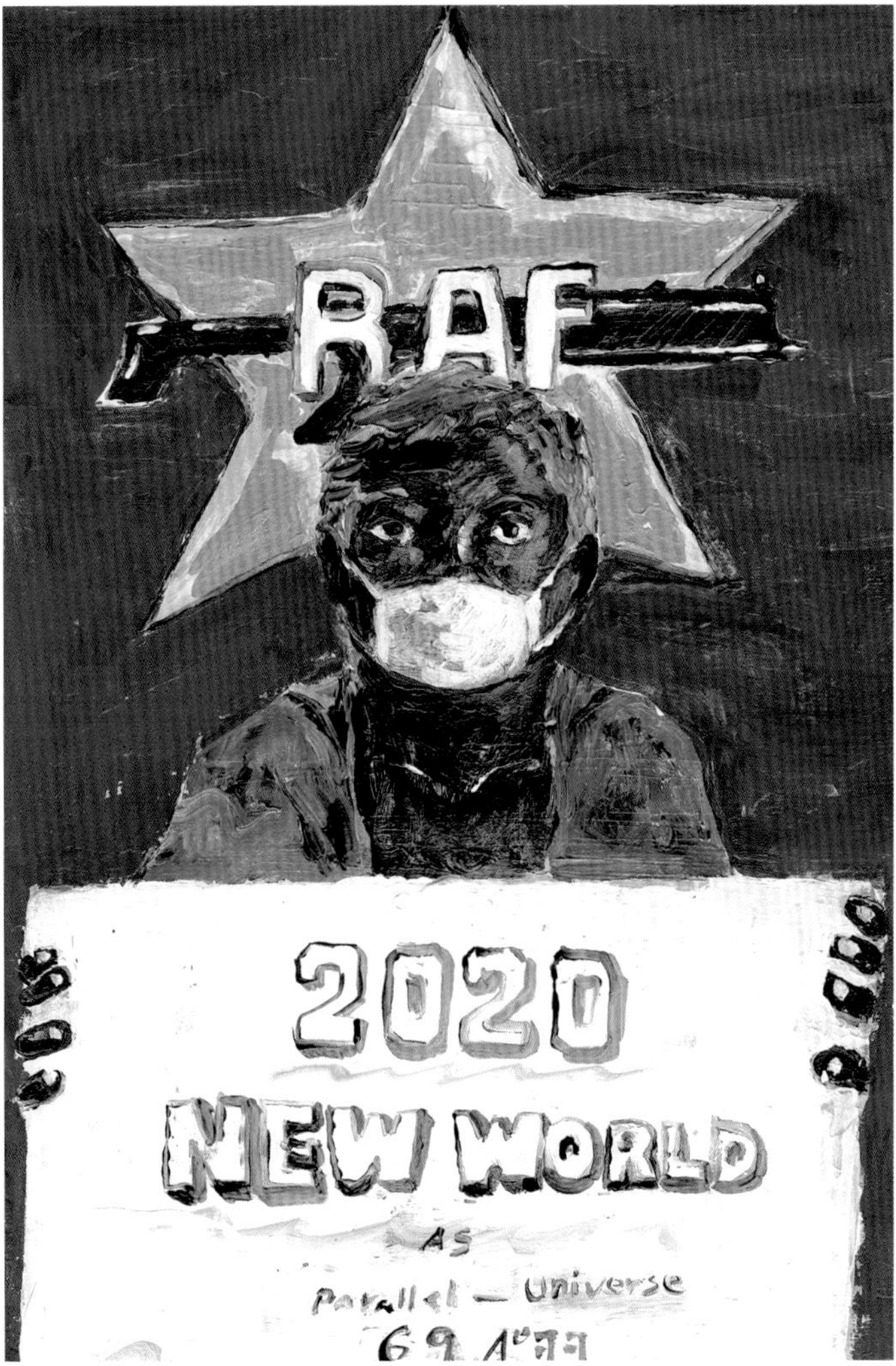
RAF
2020
NEW WORLD
AS
Parallel — Universe

その場所はただの雨降りだった

遠くで見ているくらいがちょうどよかった、ということがこの世の中には多い気がする。ものを書く仕事を始めたら、昔から憧れていた人とお会いするという、ありがたい出来事がたまに起こるようになった。さらにありがたいことに、ときどき向こうも僕のことを知ってくれていたりする。以前、そんな憧れの方から食事に誘われたというのに、直前になって断ってしまったことがある。その方とは結局それ以来、疎遠になってしまった。こんなことなら出会わなければよかった、と失恋のあとのような気持ちになったのを憶えている。僕には「この日どう？」「あ、大丈夫です」「じゃ決まり」、そんな感じでスッと承諾してしまう癖がある。そして約束した日が近づいてくると、行けない言い訳を考え始めてしまう。「すみません、急な仕事でどうしても抜けられなくなりまして」は、スッと承諾するのと、ほぼセットでやってしまう悪い癖だ。こういうことをするので、人とだんだん疎遠になる。よって知人すら少ない始末だ。少ないことで困ったことがないということにも、ホトホト困っている。

ただ、さすがに四十も半ばを過ぎて、これではマズいと思い、最近はこの癖が発動しないようできるだけ注意して生きてきた。昨年末にも、ドタキャンしそうな気持ちをグッと堪えて乗り切った案件があった。知り合いの知り合いの社長（つまり他人）の、誕生日パーティーに呼ばれたのだ。声をかけられたのは、開催日の二週間前のことだった。「この日、空いてる？」と知り合いのお世話になっている人に言われた。「あ、大丈夫です」と、また口先だけの安請け合いをしてしまう。「俺の知り合いがお前の小説読んだらしくてさ。顔見せてやってよ」「あ、はい」。こんな感じだ。約束の一週間前あたりから、なぜ安請け合いしてしまったんだ、と自己嫌悪が始まる。前日、一周回って風邪という理由が新しいのでは？と結論が出る。いかん、ここで踏ん張らないと立派な（普通の）社会人になることができない。なんとか自分をなだめながら、当日まで持ちこたえた。

店に行ってみると、有名人が次から次にやってくる。青春時代の僕が見たら、泣いて嬉ションするようなメンバーが揃っていた。店には三十人くらいの有名人がひしめきあい、シャンパンのボトルがポンポン開いていく。その時、主役の社長がいい具合に酔っ払って、何人かの有名人と口論を始めてしまった。そして「な、お前もそう思うだろ？」と社長は僕を話に強引に引きずり込んだ。

「ああ、そうかもですねー」と、いつも通り魂不在でその場限りの言葉が口を伝う。

「そうかもですね、とはなんだよ」。誰もが知っているイケメン俳優が、突然にして僕に詰め寄ってきた。この人主演の映画を、初日に並んでまで観たことがあった。

「すみません」。僕はただ、だらしなく謝ってしまった。

「言いたいことがあるなら言えよ！」。イケメン俳優と一緒に来ていた、実家にポスターを貼っていたこともあるミュージシャンが声を荒げた。「何もないです、というか帰りたいです」と心の中で唱えていた。青春時代の僕が見たら、嬉ションするどころか、失禁していたと思う。でも四十も半ばを過ぎた僕は、軽い尿もれだけで済んだ。強くなったのか、ユルくなったのかは難しいジャッジだ。結局、途中でトイレに行くフリをして、いつも通り僕はフェードアウトしてしまった。僕の不在など、そのあと誰も気づかなかったと思う。帰りの電車の中で、窓に映るホトホト疲れた自分の顔を見ながら、遠くで見ているくらいがちょうどよかった、としみじみと思った。

「虹が綺麗だと思って近づいてみたら、その場所はただの雨降り」。そんなことをとあるミュージシャンが書いていた。らしい。その言葉を教えてくれた好きだった人とも、今は疎遠になってしまった。

タウリン多めなあの感じがどうしても馴染めない

知り合いの女性がYouTuberになっていた。恐る恐る彼女が出演する動画の再生ボタンを押すと「はい！　どーもー」とタウリン多めな感じで、動画が始まった。YouTuberは、あそこまでテンションを上げなければいけないのだろうか。そんなことをツイッターにつぶやいたら「そんな人ばっかじゃありません。ちゃんと見てから意見してください」とリプがきそうだ。前にそんな感じのことをつぶやいたら、ビュンビュン矢が飛んできたことがあった。

個人的にはタウリン多めなあの感じが、どうしても馴染めない。もともとその女性とは、渋谷の居酒屋での取材で初めて出会った。Webメディアのライターだった彼女は、質問する声がモスキート音くらい小さくて、とにかく聞き取りづらかった印象がある。そんな彼女が元気バリバリ「はい！　どーもー」と再生されたので「えー」と心の声が漏れた。見たことのない笑顔だった。しばらく会っていない間に、恐ろしく時代と寝るタイプになっていた。

僕はメールもLINEの着信もきっとかなり少なめなほうだ。日に三件くらいあったらいいほうだと思う。今日はちなみにＬＩＮＥが六件もあって、繁忙期と呼びたいくらいだ。その六件の中の一件が「インスタライブ台本」から始まる内容だった。「ん？」と思って読み進めると「先日お話しした通り、コロナ禍で飲みにいけない皆さんと、お酒を飲みながら自由に一人語りしてもらうというのが今回のコンセプトになります。ちなみに前回のインスタライブはミュージシャンの◯◯さんでした！」という説明とともに、前回の動画が添付されていた。震えながら再生すると、映像は「はい！　どーもー」的な感じで始まった。そしてアルコールを飲みながら、画面の左横に流れる視聴者からの質問感想に、自然に反応し、まるで一緒に飲んでいるかのような気分にさせてくれる。とんでもない才能だと思った。表に出ることに抜群に向いている人が、画面に大映しになっていた。途中から入ってきた視聴者と「あ、間に合いましたね！　乾杯でーす！」とエア乾杯をした時は、こっちまでちょっと嬉しくなった。プロの元気な人だと思った。つまりまったく僕には向いていない仕事だった。

先日、このＬＩＮＥの送り主である某メディアの男と、一緒に渋谷で飲んだことを思い出した。その夜は「東京アラート」という、タウリンくらい意味がわからないものが終わりを告げた夜だった。僕は久々に渋谷で記憶がなくなるほどアルコールを飲んでしまって、その男と飲んだという事実以外、すべて忘れてしまっていた。

「インスタライブの話、やらせてください！」と最後は僕から懇願したとメールにはあった。まったく憶えていなかった。自分で自分の息の根を止めたいと思うことが、こんなに多い人生でいいのだろうか。インスタライブの日程は明後日に迫っていた。もう何人もの人がそのために動いているのは、容易に想像できた。台本もできあがっている。インスタライブの配信時間は一時間ほどだ。ここはもう「はい！　どーもー」をやり切ってしまったほうが、人災は少ないと感じた。「了解致しました」と一回は返信を送る。送ったあとに台本を読み返したが、どう考えても画面に向かって元気に乾杯できそうにない自分が想像できた。

真剣に半日考えて、僕は結論を出す。

「よし断ろう！（遅い）」

結局、平謝りして全部ナシにしてもらった。関係各所に大迷惑をかける結果になった。きっとまた嫌われたことだろう。「面倒臭いヤツだなあ、やれよお前」と思われただろう。知り合いのYouTubeの最新回を再生してみたら、最初より薄着になっていた。声の張りも、より一層増したように思う。彼女もまたプロの元気な人になったのだ。あのテンションで日常生活を送れる野生生物は、地球上にナチュラルには存在していないだろう。YouTuberもまた、過酷な商売だと思った。また一つ、確実に職業の選択が狭まった。

ALMOST of
LIFE

中学生の夜の七時は、大人の夜の十時だ

僕は中学生の頃、横浜のはずれにあった小さな塾に通っていた。生徒は二十人もいなかったと思う。ある日、自習室という名の四畳半の畳の部屋で、僕は残って単語帳を作っていた。時計を見ると夜の七時になろうとしている。中学生の夜の七時は、大人の夜の十時だ。慌てて駅に向かうと、改札の掲示板のところで抱き合っている男女が見えた。目が悪いので、しっかり確認しないまま、その二人の前を通り過ぎた。ホームまでの下りの階段の途中で、さっきの男女の顔がフッと頭をよぎる。

「あれ？　先生と清水じゃね？」

頭の中で記憶をキュルキュルと巻き戻して、もう一度再生してみる。間違いない。その頃たぶん五十才は越えていた塾の先生と、同じクラスの女子の清水で間違いなかった。まだ夜の七時だったが、中学生には夜の十時だ。大人の時間だ。大人の匂いに誘われて、僕は引き返すことにした。それにしても、塾の生徒全員が利用する駅の改札で抱き合わなくてもいいじゃないか、と子どもながらに呆れつつ、中学時代という野性時代だった僕は、エロスを一目見ようと階段を駆け上がった。

僕が戻ると、二人はちょうどガッチリめのディープキスをしているところだった。しばらくその様子を目に焼き付けてから、抜き足差し足、階段を降りていったのを憶えている。後日、二人の関係は白日の下に晒され、先生は塾を辞めてしまった。その後、横浜駅の改札近くで先生を見かけたと友人が言っていたが、真意は定かではない。友人曰く、その時はタスキをかけ、恵まれない子供達への募金活動をしていたそうだ。ディープキスからの募金活動。今考えると、振れ幅の大きい人だった。

「やっぱりひどいですよね？」。ライターの女性が今にも泣きそうな顔でそう言った。

昨日、僕はとある取材を受けていた。しかしなぜか取材は途中から、ライターの女性の身の上話にすり替わっていった。「本当にひどいと思いませんか？」。そう念を押す彼女は先週、三年付き合った男と別れたらしい。その男は東大出身の商社マンで、顔面は高橋一生に似ていたという。完璧じゃないか。そんなつまらない話聞いていられるかと思ったところで、「実はその男に二年間、ことあるごとにDVを受けていたんです」と彼女は話しはじめた。申し訳ないが、初めて話に興味が湧いてきた。その男が優しかったのは、最初の数か月だけだったという。別れる決定打も、やはりDVだったらしい。

それは彼氏の自宅で先週、彼女が夕飯を作った時に起こった。料理を並べている時に、ふとテレビの音量を彼女が下げると、彼氏が突然激怒し、テーブルの上に並べた皿を次々に床に叩きつけたというのだ。二年の間、様々な暴力、罵詈雑言を受けても許してきた気持ちが、その日はなぜかスーッと干上がっていくのがわかったらしい。彼女はそのまま無言で荷物をまとめ、執拗に怒鳴りつけてくる彼氏を完全にシカトして、無言で部屋を出て行ったそうだ。

「よくある話で申し訳ないんですが、そのあと電話で彼が号泣して謝るんですよ」と彼女は言った。「あー」とだけ僕は答えた。

「話はそこからなんです。次の日に渋谷のハチ公前に来てくれって言うんですよ」。まったく先の読めない話になってきた。

「ハチ公前になぜに?」。気づくと僕は、久しぶりに人の話を前のめりで聞いていた。

「はい、それで行ってみたら、彼がハチ公前でフリーハグをしていたんです」

「DVからのフリーハグですか」

「はい。呆れて帰りましたけど。いい人ではあるんです!」(そういうところだぞ)

深い。いや浅い。まーどっちでもいい。きっとその男もまた、振れ幅の大きい人だったのだろう。どっちでもいいが。

1987

東京の打ち合わせの聖地

新宿バルト9近くの、とあるカフェで打ち合わせをすることが多い。最初は担当の編集者が行きつけなのかな?と思っていたが、別の編集者も「新宿でお願いします」と告げると、そのカフェを指定してきた。間接照明がちょうどよい明るさで、植物がところどころ大胆に置かれ、おしゃれな雑誌が壁掛けの絵のように配置されている。なんとなくいいでしょ、がすべて集まっているカフェだった。僕が打ち合わせをしている横で、男二人組がノートパソコンを開いて、CG動画を何度も再生しながら話していた。ただのサラリーマンじゃない感がすごかった。ここは東京の打ち合わせの聖地なのかもしれない。ランチミーティングという名のもと、キューバサンドを食べながら、僕は連載のタイトル案を編集者と話し合っていた。それっぽいタイトルを口に出すたびに編集者は「なるほどですね」と言いながらメモを取っていく。ノートパソコンをいじっている男二人組も、僕がタイトル案を口にするたびに、こちらをチラッと確かめてくる。口に出して恥ずかしくない連載タイトル案は、この世にまだ存在していない可能性が高い。

「今降りて来たんですが、『ギリギリの国でつかまえて』なんてどうすか?」

「なるほどですね」。編集者がまたメモを取る。二人組の男がチラッとこちらを見た。恥ずい。恥ず死しそうなくらい恥ずい。耐えよう、これが今の自分の仕事だ。タイトルは結局なんとなく保留になり、編集者は「じゃあ、また今度ゆっくり」と言い残し、そそくさと帰っていった。続いて若いライターの人が「どうもどうも」とまだ温もりが残っているであろうその空いた席に座り、ブレンドコーヒーを注文した。

「今回はこんな時期ですので、人に会わないでも平気な燃え殻氏（氏って）に、その名も『孤独時間』というタイトルでコラムを書いてもらいたいと思ったんですが」

さっきの二人組の男がまたこちらをチラッと見る。「いや、それはお断りしたはずじゃ」と僕が口を挟むと「そこで！　ご要望通りインタビューにさせていただきました！　ズバリ、『孤独時間の私時間』！」（恥ず死ふたたび）。

「なるほどですね」（納得するな）

「じゃあ早速、録音始めまーす」

ライターはスマートフォンをボイスメモ機能にして、僕の前に置いた。切実にタヒチに行きたいと思った。先方の取れ高まで、なんらかの話をしたはずだが、何を話したかはもちろん、すべて忘れてしまった。

取材が終わって、僕は新宿の外れにある一軒のビジネスホテルにチェックインした。フロントのお婆さんに「あんた、今日はまた一段と疲れてるわねえ」と言われる。昔は疲れるとマッサージやサウナによく行っていたが、そこでの人への気遣いにすら疲れてしまった昨今は、もっぱらただビジネスホテルをとって、部屋にこもることにしている。古ぼけたそのビジネスホテルは、令和どころか平成もまだ迎えていないような佇まいだった。壁が薄くて喘ぎ声が絶え間なく聞こえてくるのが難点だが、人の気配がして寂しくないという新解釈でアリにしている。その日はそれにしたって喘ぎ声が凄まじかった。仕方がないのでテレビの音量をかなり上げて対応することにした。

「アイドルからロックバンドまで、今人気のミュージックビデオを手がける二人組に密着!」という番組をちょうどやっていた。疲れ過ぎて、ただヌボーッとその番組を眺めていたら「ん?」となる。その二人組は、さっきCG動画を何度も再生しながら、こちらをチラ見していた彼らで間違いなかった。僕は孤独時間を過ごしながら、思わず「おお」と声が漏れてしまった。やはりあのカフェは、東京の打ち合わせの聖地なのかもしれない。

ねえ、このまま鎌倉まで行かない？

仕事帰りに、家の近くのローソンに立ち寄るのが習慣になっている。その日は午後九時くらいにボンゴレパスタと豆乳（だいたいこの組み合わせ）を買って店の外に出ると、駐車場で大学生風の男女が原付バイクに腰掛けて、なにやら話し込んでいた。夜風が冷たい日だったので、せめて店内のイートインで話せばいいのにと思ったが、それもまた青春なのかもしれないと勝手に納得した。こちらはとにかく体力、気力共に限界。「ボンゴレパスタor die」という状態だったので、真っ直ぐに寄り道もせずに帰った。そして録画していたNHKの『72時間』を観ながら、ボンゴレパスタを秒で食べ終える。ゆっくりと豆乳を飲み、『72時間』のエンディングでウルッときてしまう。その時、口がデザートを欲していることに気づく。みかんはあったが、なんとなくピノの気分だった。仕方がないのでそのへんのものを羽織って、僕はもう一度ローソンに行くことにした。

するとローソンの駐車場には、さっきの大学生風の男女が原付バイクに腰掛けて、まだしゃべっているではないか。それもさっきより若干距離が近づいて、軽く指を絡めて会話をしていた。僕は店内でピノを見つけると、無人のレジで精算をさっさと済ませて外に出る。そして原付バイクに腰掛けた男女の横を通り過ぎようとした時だった。

「ねえ、このまま鎌倉まで行かない？」

上ずったような声で、女のほうが男にそう言った。ビニール袋をケチった僕は、その言葉を聞いて、手に持っていたカチカチに冷え切ったピノを思わず落としそうになった。ここは目黒だ。真夜中でもあった。真夜中の目黒、若い二人は話が盛り上がって、今まさに鎌倉まで原付バイクで行こうとしていたのだ。僕は寒空の下、彼らの会話を振り払うように、ピノをパクパク食べながら早歩きで歩いた。歩きながら、いつかの山手線での出来事をぼんやりと思い出していた。

その日は、僕の工場のアルバイトが休みの日だった。そのころ付き合っていた彼女はあまり働かない人で、一年のほとんどが休日だった。僕たちは近くのファミレスでさして特徴のないカレーライスを食べて、そのあと二人してなんの考えもなく山手線に乗ってみた。上りでも下りでもよかった。

「わたし、山手線の中が一番集中できるかも」。彼女はそう言って、輸入雑貨チチカカで買った独特過ぎるポシェットから、谷崎潤一郎の文庫を取り出した。チチカカと谷崎潤一郎の振り幅に、その頃の僕は完全にやられていた。そして彼女は僕の存在をすっかり忘れたかのように、揺れる車内で文庫を読みふける。あの頃の僕には夢も希望もカネもなかった。ただ有り余る時間だけはあった。もしかしてその状態を、人は「青春」と呼ぶのかもしれない。気づくと僕は、彼女の肩にもたれかかって眠ってしまっていた。山手線が大きく揺れて慌てて起きると、彼女はまだ平然と谷崎潤一郎を読んでいる。僕はぼんやり外の景色を確認する。僕らが乗っている電車が、恵比寿から渋谷に向かっていることがわかった。

「ねえ、そろそろ」と言いかけると、彼女はその言葉に被せるように「あと二周だけ」と言った。

「二周かあ」

僕はしょうがないなあ、と思いながらまた眠りについてしまう。

あの頃の僕には夢も希望もカネもなかった。ただ有り余る時間だけはあった。もしかしてその状態を、人は「青春」と呼ぶのかもしれない。

LA
SO
Pino

振り返るとトム・ハンクスがいた

日比谷の外れにある居酒屋に入った時のことだ。狭い店内がなんとなくざわついていた。ちょうど刺身盛りを出すところだった店主に「何かあった？」と尋ねると「ト・ム・ハ・ン・ク・ス」と小声でゆっくりと言った。後ろを恐る恐る振り返ると、大柄でガハハと笑う白人男性が、気持ちよくビールを飲んでいるところだった。

上から下まで僕はマジマジと確認してみた。似ているっちゃ似ていた。違うっちゃ違った。「本物ですかね？」。カウンターの横で一人で飲んでいたサラリーマンに質問をされたが、かなり微妙なラインだった。僕は首を傾げながら、とりあえず一杯注文をする。すぐに出てきた雑なレモンサワーは、雑に焼酎が濃かった。「濃っ！」。吐き捨てるように店主に告げると、無言でピースを送ってきた。

僕が生まれて初めて見た有名人は長渕剛だ。見た、といっても横浜アリーナの前から6列目で見ただけだが。あれは高校二年の時だった。その頃の友人が、長渕剛のファンクラブに入っていて、半ば無理やり連れていかれた。

「横アリ、6列目、昭和ツアー」

友人は教室で鼻高々にチケットをヒラヒラと見せてきた。そして神妙な顔つきになって、こう言った。

「でだ。一緒に行く予定だった兄貴が行けなくなった。お前、行くだろ？」

「いや別に」

「行くよな、はい、チケット代」。彼は右手を僕に差し出す。

「カネ？　じゃあ行かない」

「あー、わかった、わかった。千円！」といきなり値が暴落。そして拝み倒す友人があまりに不憫に見えて、思わず千円でチケットを買ってしまった。

当日は、新横浜の駅からすでに人の波がすごかったのを憶えている。「ここ！　ここ！」と大げさに手を振る友人を見つけ、横浜アリーナの前から6列目になんとか辿り着いた。

「近いね」と、ここにきてやっと興奮してきた僕は、友人にそう話しかけてみる。

友人はすでに興奮状態で、取りつく島もない。何気なく周りを見渡すと、とんでもない光景が広がっていた。

僕らの席のすぐそばに、上から下まで長渕剛がいた。興奮気味にステージを見つめている友人の肩を、ツンツンとしてみる。

「い、る、よ」

僕はできるだけ小さい声で、友人に耳打ちをした。

「長渕（小声で）」

「は？」。友人が怪訝な顔で僕を見る。

「剛（小声で）」。僕は勝ち誇ったように伝え、僕らの席のすぐそばにいた長渕剛を、指差した。

「今日は客席から登場するのかな」と、秘密の演出を知ってしまったと思った僕は、そう耳打ちをした。そのあと友人から、かなり濃いファンは、上から下まで長渕剛スタイルでコンサートに来るのが常識ということを、教えてもらうことになる。

レモンサワーを飲み干してもう一度、トム・ハンクスらしき人物を確認してみる。

「似てるようで似てないような……」。隣の知らないサラリーマンがそうまとめてから、磯辺揚げを追加注文した。全員でもう一度ジッと眺めるが、確信までは持てなかった。

それからすぐのことだ。ツイッターに、日本のサラリーマンと陽気に酒を酌み交わすトム・ハンクスの姿が上がっていた。だとしても真相はわからない。ただあの夜、あの店にいた全員、国籍関係なく全員、楽しくて潰れるほど飲んだことだけは確かだった。

美少女遊戯場
ダーティ松本
赤い通り雨
石井隆
JAZZ PROMUNARD
ジャズ プロムナード

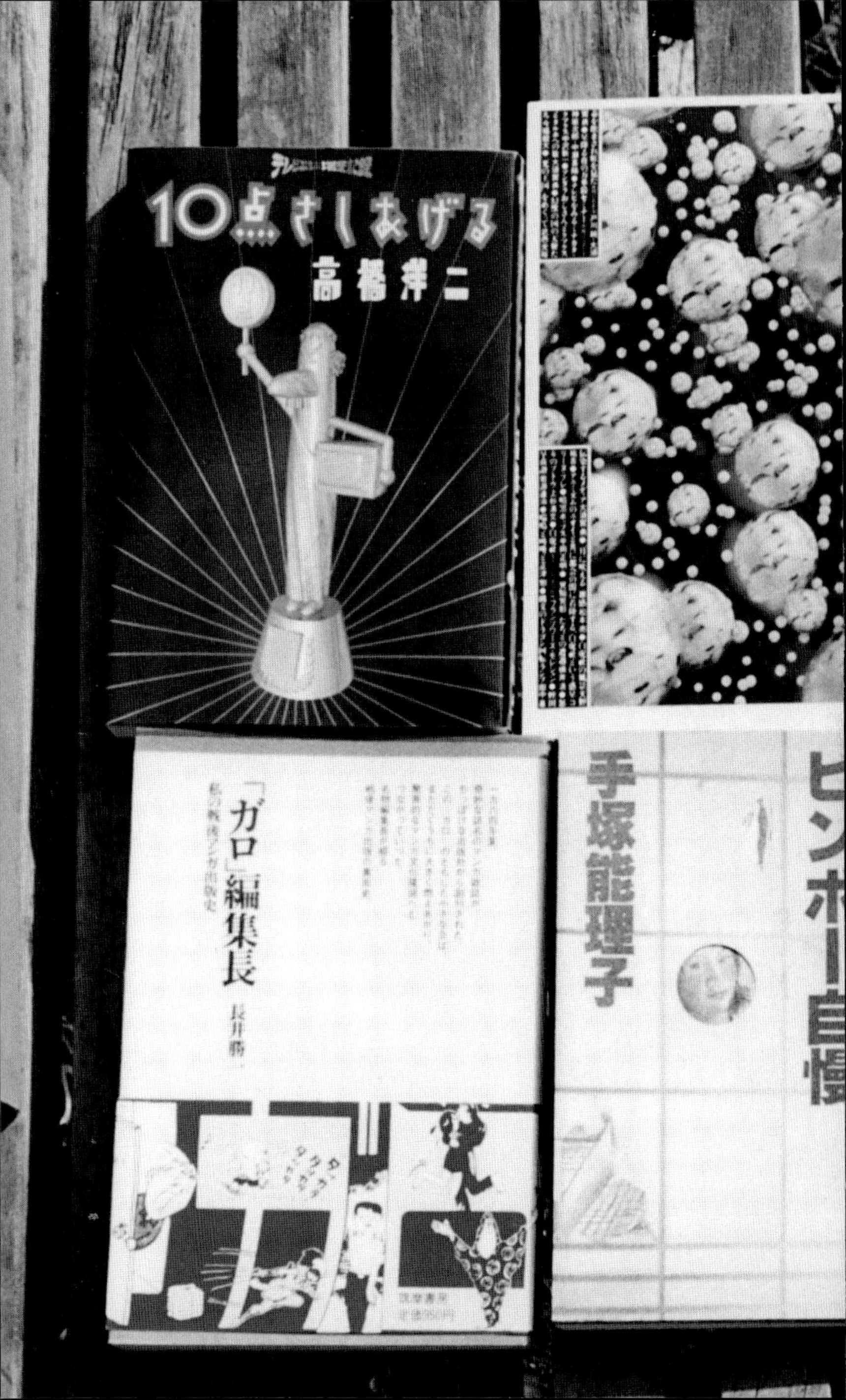
10点さしあげる
高橋洋二
「ガロ」編集長
私の戦後マンガ出版史
長井勝一
手塚能理子
ピンボー自慢

人は老いると自然にかえりたくなる

「なんかさ、俺たちもいつか演歌とか聴き始めたりするのかな」

究極に話すことがなくなった深夜の首都高速。とあるロケに同行するため、ワゴン車に揺られながら、誰かがどうでもいい会話のボールを投げた。カーラジオからは、石川さゆりの『天城越え』が流れていた。

目的地に着く予定時刻は午前4時半。それまで眠気に負けることがないよう、牽制するようにお互い話を振り合っていた。

「この間さ、知らない人の庭に咲いていたあじさいがキレイで、足が止まったんだよね」

頭のサイドを刈り上げた体重三桁はあるディレクターが、そうつぶやいた。

「わかるわあ。俺この間さ、小さい松の鉢植えを人生で初めて買ったもん」

隙あらばルイ・ヴィトンを身に付ける放送作家もそれに続いた。

彼らの話を聞きながら、最近は石を集めているという話を、いつ言おうかタイミングを伺っていた。

去年、制作会社の友人に付き合って奥多摩に行ったのが、ことの始まりだ。その友人の趣味が河原の石集めだった。

「よく見てこの形。パンダの親子」

友人が大切そうに差し出した大きくて丸い山が二つある石は、どこまでも大きくて丸い山が二つある石にしか見えなかった。

「こっちは、どこから見てもスカイツリーでしょう」

次に取り出した細長い石も、どこまでも細長い石にしか僕には見えない。

友人も僕も、つげ義春の漫画『無能の人』が大好きという共通点があった。漫画家の主人公は、本業から逃れるように河原で河原の石を売る。ちなみに友人の、河原で石集めをする前の趣味は、桜木町の店舗型ヘルス全店制覇だった。

奥多摩はその日、夕方になると川の水量がどんどん上がってきていた。

「これは今日、雨だな」

森の中で生きるマタギのように友人がつぶやいた。そのあとまったく雨は降らなかったが、友人が自然と戯れたがっているのは理解できた。

「男と女は恋に落ちると海に向かう」と言ったのは誰だったか。あまたある恋愛映画は、ラストシーンで海に向かうものが多い。映画『トゥルーロマンス』の二人もズタズタになりながらも、ラストは海に向かう。男女が恋に落ちると海に向かうように、人は老いると自然にかえりたくなるのかもしれない。

友人としばらく河原で石を拾っていたら、東京に残してきた下心のある約束とか、薄毛の悩みだとか、歯医者の予約、冷蔵庫の買い替え、下の名前も忘れた親戚の法事、そういういわゆる人間界の瑣末なことが、どうでもよくなっていくのがわかった。しまいには、「ほら、女性器！」と僕は楕円形の石を掲げて、友人に自慢げに見せていた。

友人の運転する車で奥多摩から都内に戻る途中、何の気なしに質問をしてみた。

「なんで趣味、石集めに変えたの？」

友人は少し考えてから、何か悟ったかのようにこう言った。

「動くものにはもう疲れた」

見解が独特だった。独特だがわからんでもなかった。老いは心の動体視力を奪っていく。よく大人が口にする「ついていけない」はスピード感の話だ。

深夜の首都高速。運転手がアクセルをベタ踏みする。高速で流れていく景色。月の位置は変わらない。襲ってくる睡魔。カーラジオからの『天城越え』が佳境を迎えていた。石川さゆりは紅白で『津軽海峡冬景色』と『天城越え』を毎年交互に歌い続けている。

HAPPY.

本当の本当は残酷過ぎて、嘘が欲しくなる

休職をしたら給料は減ったが、良かったことが二つあった。ひとつは時間ができたこと。もうひとつが、部下の本性がよーくわかったということだ。

僕には六人の部下がいた。彼ら六人が、とんでもなく日夜仕事に追われていることは、もちろん知っている。下請けということで、テレビ局や制作会社に対して、とにかく日夜頭を下げている現状も知っていた。だが、ここまで社会人は「自分にとって必要な人、必要じゃない人」のジャッジに厳しいとは、当事者になるまでわからなかった。六人のうちの一人に斎藤（仮名……かもしれない）という男がいる。彼はとにかく人当たりがいい。前にトークイベントを三軒茶屋でやった時も「どうしても聞きたくてお忍びできてしまいました！」という先輩営業を忘れない、よくできた社会人だ。そんな彼に休職して二か月ほど経った頃、LINEを送った。会社にいる時、彼は「高速の斎藤」という異名を取っていた。とにかくレスが早いのだ。その彼からのレスが、いつまで経っても返ってこなくなった。その数日前、斎藤と親しい別の部下に「俺、もしかして辞めるかもしれない」と吐露していたことを思い出した。「あ、こいつもう辞めるし、気遣い全面撤退！」という

ことなのか。いやいやそういう決めつけはよくない、と誰かに突っ込まれそうだ。なんなら僕だってそう思いたい。だめ押しでもう一度、斎藤にLINEを送ってみた。内容は、斎藤の仕事に関することだった。それでも返信はない。ここまでくると、斎藤の体調を心配したくなってくる。倒れたりはしてないだろうか。別の仕事のことを、別の部下と電話で話していた時に、ふと斎藤のことを聞いてみた。

「でさ、斎藤って、最近元気?」

「あー今、隣にいますよ。代わります?」。普通に生きていた。

「あー大丈夫」と思わず断ってしまった。斎藤は元気に余裕で仕事場にいた。まずはホッとした。そして悶々とした気持ちになってきた。と、そこに今度は斎藤から電話がかかってくる。

「すみません! バタバタしていて返信できてなくて」

バタバタしていて返信もできない、そんな人類はまだ存在していない。というのが僕の仮説だ。たぶん当たっている。

「お前、こっちが辞めると思って、返信しなかったんだろ?」

僕は冗談交じりでそう聞いてみた。すると「すみません、自分にはそういうところがあるかもしれません」と正直過ぎる告白を斎藤が返してきた。僕は若干絶句してしまう。

「ほー」と、フクロウの鳴き声のような声が漏れてしまった。世の中に流通している優しさと気遣いの正体を見てしまった気がした。

「あーもう大丈夫。ありがとう」

もうそれ以上、斎藤と話すことが見つからず、僕はスッと電話を切った。

あれはまだ二十代の頃だったと思う。好きだった子を水族館に誘ったことがあった。

彼女は少し考えてから、「ごめんなさい、その日はピアノの練習をしようかと思って」と言われたことがあった。ピアノに負けた。それも発表会じゃない、練習に負けた。せめてそこは発表会と言ってほしかった。

「本当のことを言って!」と懇願して、本当のことを全部聞いて、幸せになった人類はまだ存在していない。というのも僕の仮説だ。たぶん当たっている。

よそ行きの本当でいい。本当の本当は残酷過ぎて、嘘が欲しくなる。

昨日のことを十年前のことのように書く

小さい頃、実家の近くに雑草だらけの狭い公園があった。みんなはその公園のことを「桜の森」と呼んでいた。空き地の真ん中に、ドーンと大きな桜の木があったからだ。一度その桜の木を触った時に、毛虫に刺されてひどい目にあったことがある。その頃の友人が最近、桜の森についてブログを書いていた。子供の頃によく遊んでいたあの桜の森が、舗装されてきれいな公園になってしまったという内容だった。友人は「悲しかった」と文章を結んでいた。

あの頃は言えなかったが、正直、僕は桜の森が苦手だった。あまり賛同されないのを承知で言うと、手付かずの自然より作られた自然のほうが、気持ちが落ち着く。北海道に行った時も、大自然の中にあった無料の露天風呂を心からは楽しめなかった。一緒に行った仲間は、露天風呂から見上げた星の数の多さにとにかく感動していた。僕もそこには感動したが、湯船に浮かんだ蛾の多さのほうが気になってしまい、それどころではなかったのを憶えている。大きい声では言えないが、自然に多少人間の手が入っているくらいが、僕にはちょうどいい。舗装された道の横にきれいな花々が咲いている、それくらいが心地いい。

そう思うとやはり、桜の森は手付かずが過ぎた。SNSに猫動画を貼り付けるとバズる時代に書く内容ではないが、桜の森ではよく猫の死体を見つけた。鳥や犬、カエルの死体まであった。死体多めの公園だった。しかし友人のブログに出てくる桜の森は、野良猫の親子に遭遇したり、大きなカエルが草むらから出てきて驚いてみたり、生き物万歳的な内容になっていた。僕の思い出の中の死体まみれの桜の森より、だいぶポップな仕上がりで、誰もが受け入れやすいコンテンツと化していた。同じ時代に同じ場所で同じような経験をしても、時が経つと記憶はその人それぞれに編集され、改ざんされ、物語になってしまう。そのブログには、桜の森で遊んでいた当時の友人たちが、手付かずの自然の素晴らしさについてコメントを寄せ合っていた。その中に「だけどあの桜の森って、ハッカみたいな匂いがしたよね！」というコメントを見つけた。ツンとした匂いがよくしていた思い出は、僕にもあった。「その匂いわかる！　あれは自然の草の匂いだったんじゃないかな？」と感慨深く語る者や「あの匂いを嗅ぐことができない今の子供たちはちょっと可哀想」と現在を憂う意見すらあった。

先週、母親から久しぶりにメールが来たので、ここぞとばかりに桜の森の話をしてみた。ハッカの匂いで友人たちが、あの頃の手付かずの公園を思い出していたよ、と感慨深げに伝えてみた。母親からは「あなたね、あの頃、町内会で順番にあの公園に除草剤撒いたり、毛虫を駆除したり、とにかく大変だったんだから」と感慨深さゼロのコメントが返ってきた。

「あそこが舗装されるのは十年遅かったわ」。捨て台詞のように母は言った。

コメントにあったハッカの匂いは、もしかして除草剤や毛虫の駆除に使われた殺虫剤の匂いだったのかもしれない。手付かず、と僕らが勝手に思っていたあの桜の森も、大人が手を加えて成り立っていたのだ。

昨夜、仕事の打ち合わせが渋谷であった。単行本を読んだディレクターが「何気ない日常が書かれていて良かったですよ」と感想を述べてくれた。何気ない日常。何気ない日常に見えるように記憶を改ざんし、妄想を膨らませ、昨日のことを十年前のことのように書いて、十年前のことを昨日のことのように語る自分の姿を、あの桜の森に重ねていた。

普通に生きることはできないのか？

「いつでもお前の味方だからな」

そう言ってくれた人が、最初はまったく冷ややかな態度だったことを、忘れないようにしている。恨むということではなく、自分はそのうちまた仕事が立ち行かなくなる気がしているので、その時に備えて距離を取っておきたいと考えているからだ。そうしておかないと、最終的に自分が傷つくことになる。社会的に評価されたことしか認められない人、という種類の人たちがいる。自分自身では、良いものか悪いものかを判断できない、もしくはしたくない人たち。本当は良いも悪いもない、好きか嫌いかしかないのだが、そこに目利きの評価が欲しくなる人たちがいる。「○○大学の出身」「○○新聞に載った」「○○と知り合い」がないと不安で不安で評価を下せない人たちがいる。

人からは無謀だと思われることを、僕は人生で二度試みたことがある。ひとつは、テレビの美術制作会社で、一般企業を対象にした新規事業を始めた時だ。営業なんてやったことがなかったのに、突然飛び込み営業からスタートしてしまった。

その時に、上司から言われた言葉が今でも忘れられない。「会社のためにならないから、有給を取ってやれ」と会議室で正式に言われた。テレビ業界は限界があると踏んでいた僕は、本当に有給を取って営業をしはじめる。有給だけでは日数が足りないので、休日も飛び込み営業にあてた。行動するまでの腰の重さは半端ないが、やりはじめると意地が出てくる、そこは昔から何をするにも変わらない僕の性分だ。四年間、ほとんど休みなしで意地になってその新規事業にこだわった。四年後、その新規事業が軌道に乗りはじめた時、同じ上司に会議室に呼ばれた。その時、「いつでもお前の味方だからな」と満面の笑みで上司は言った。新規事業はかなりのラッキーパンチで成功したことを、自分がやったことなのでわかっていた。だからこの先、その事業が立ち行かなくなる可能性は高いとも思っていた。その時が来たら、最初に怒鳴りつけてくるのは、きっとこの人だろうなと思いながら、その言葉を聞いていたのを憶えている。

そしてもうひとつ、人からは無謀だと思われたことは、物を書きはじめたことだ。物を書きはじめた時も、新規事業の時と同じようなことが起こった。「いい年して何をはじめてるんだ」と周りから揶揄された。目利きの登場を待つまでもなく、そんな挑戦は失敗するに決まっていると踏んだ人たちから「そんなことだから社会人としてダメなんだ」「新聞もロクに読んでないくせに」「普通に生きることはできないのか?」と散々に言われた。ここでまた、やりはじめると意地が出てくる自分の性分が爆発してしまう。どうすれば本読みじゃない人にまで届くだろうか、自分なりに研究に研究を重ねた。ただ、それだけでなんとかなるほど甘い世界ではなかった。信頼できる編集者との出会い、信頼できる書店員さんからのアドバイス、読者の方々との縁、そして数々のラッキーパンチ、それらによって、どうにか仕事らしきものになってきた。かなりの偶然でなんとか今があることを、自分がやったことなのでわかっていた。

そうなってくると、あのセリフがまた聞こえてくる。あれほど懐疑的だった人たちが「いつでもお前の味方だからな」と囁いてきたのだ。風向きが変わっただけで、正義と常識が変わる人たちがいる。社会的に評価されたことしか認められない人たちがいる。恨むまでもなく、一喜一憂して大変そうだなあと心から思う。そしてきっと、この物を書くという仕事も近い将来、立ち行かなくなる気がしている。テレビ業界に、完全に戻ることはきっと出来ないだろう。社会的に見て、僕がまったく評価できない状態に戻った時、最初に物申してくるのは、いい時も悪い時も一番先に声をかけてきた彼らだろう。だから僕は、彼らの言葉と態度を忘れないようにしている。恨むということではない。一喜一憂が、なにより自分を気疲れさせることだと、もう僕の心と身体が憶えているからだ。

あの時と一緒だ。家出をしたあの時と

僕には親友と呼べる男が一人だけいる。初めて会ったのが小学二年の時だったので、付き合いは四十年近くになる。気持ち悪いことに、今でも週に一度は連絡を取る。理由は、お互い生きることが不安で自信がなくて仕方がないからだ。

初めて会った時、僕はクラスの全員にいじめられていて、彼は担任の教師にいじめられていた。毎朝教室に入ると、まず僕は椅子を探し、彼は教師から張り手をくらっていた。僕がいじめられた理由は明確で、円形脱毛症の酷いやつにかかってしまったからだ。皆から「妖怪」というあだ名で呼ばれ、僕に触ったら髪の毛が全部抜けるという遊びが、クラス中で流行った。よくある異形な人間をいじめるというやつだ。

彼のほうはもうちょっと複雑で、絵がとても上手く、神奈川県で金賞をとったことがきっかけでいじめが始まってしまう。担任の教師は、画家志望の美大上がりだった。彼が金賞をとった時、美術の成績は「2」をつけられていた。つまり彼のほうは嫉妬だった。

彼とはいじめられている者同士、あっという間に仲良くなった気がする。あの頃は日々

「いじめあるある」なんかを言いながら下校していた。

「朝、椅子がなくなるの、実はもう慣れたけどさ、わざとビビったフリしてんだ。もっと酷いことされないようにね」

まるで自慢話をするかのように、彼とは明け透けにいじめのことも、将来のことも、南野陽子が好きなことも話せた。


二人で家出をしたこともあった。その時、「行けるところまで行こう」と彼は言った。結局、四駅先まで歩いて、疲れて動けなくなって、駐車場でふたりして声を出して泣いた。

低学年の時は髪の毛だけでなく、まゆ毛まで全部抜けていたのに、高学年になる頃には、髪も眉毛も全部生え揃ってしまった。なんで抜けたのか、なんで生えたのか、理由は今でもよくわからない。

髪の毛が生え揃ってしばらくすると、世の中は残酷なほど忘れっぽいので、あっという間に僕のいじめはおさまっていった。それどころか「先生の似顔絵を描くのが上手い」その一点で、クラスの人気者グループに入れてもらえるようになってしまった。女の子と交換日記も始めたのもこの頃だ。たぶん、僕が人生で一番調子に乗っていた時期かもしれない。というか人生で唯一いろいろ過不足なく調子が良かった。

彼のほうはというと、教師からのいじめがずっと続いていた。信じられないかもしれないが、教師から教師にいじめが引き継がれていた。なんでそんなことになっていたのか、そちらの理由も今でもよくわからない。そして正直、僕はその頃、彼から少し距離を取っていた。人気者グループにいる感覚に浸りたかったのだ。我ながら浅ましい。

ある朝、彼が下駄箱でキョロキョロと何かを探している風だった。

「どうしたの?」。久しぶりに声をかけた気がする。

「上履きがないみたいでさ」

彼は冷笑しながら、視線を合わせずにそう言った。僕はなんだか申し訳なくなって、一緒にしばらく上履きを探したのを憶えている。結局、見つからなかったと思う。

「あの時は悪かったな」。僕はこの間、渋谷の居酒屋で彼に謝罪をした。

「そんなことあったかな」。彼はただ笑うだけだった。

彼を最初にいじめた教師が、数年前に亡くなっていたことを母親から聞いた。これからもいろいろあるだろう。あの時と一緒だ。家出をしたあの時と。とりあえず、行けるところまで行ってみよう。疲れて動けなくなったら、その場所で二人して声を出して泣こう。

どこまでも気さくで緊張させない著名人

ペーパードライバーの僕にも、とっておきのドライブの思い出が一つある。その日、僕は目黒駅の長い階段を一段抜かしで駆け上がっていた。季節は真夏で、とにかく陽射しが強烈な日だった。「ここ！　ここ！」と交差点付近で手を振っているミュージシャンの西寺郷太さんが見えた。ハアハアと息を切らせながら僕は手を振り返して、郷太さんの元へ急いだ。

郷太さんとドライブの約束をしたのは、その数日前に遡る。僕が人生で初のラジオ番組のパーソナリティーを引き受けた日のことだった。番組ディレクターから「ゲストどうしましょうか？　緊張しないで気さくに話せる著名人の方を教えてください！」と軽快な感じで言われた。了解です、と雑に返したが仕事場の部下ですら、調子が悪いと緊張するのに、緊張しない著名人がいるわけがなかった。さらにその時は、本業がものすごく忙しい時期で、ついでに小説の締め切りにも追われていた。安請け合いしなければよかったと思いながら、とりあえず原稿を終わらせるために、深夜までやっているカフェに入った。カフェで原稿もやらずにぼんやりと「緊張しないで話せる著名人」について考えていたが、まったく思いつかない。とその時、突然声をかけられる。

「元気?」。そう笑顔で話しかけてくれたのが、郷太さんだった。郷太さんは前に、とある打ち上げで一度お会いしただけだったのに、ちゃんと憶えてくれていたみたいで「小説読んだよ」とニコニコ笑いながら言ってくれた。「ありがとうございます、家近いんですか?」と僕も緊張せずに返すと「いやいや友達と待ち合わせ。今度またゆっくり飲みにでも行こうよ。じゃ!」なんて切り上げて、待ち人が来たようで自分の席に戻っていった。郷太さんはどこまでも人を緊張させない。緊張させないで気さく。「緊張しないで気さくに話せる著名人、西寺郷太」。僕はとっさに(勝手に)思いつき、そのまま郷太さんの席まで小走りで行って「郷太さん、僕のラジオ番組に出てくれませんか?」といきなりオファーしてしまった。

「ええで」。たった3文字で、即承諾してくれた。

次の日、郷太さんから「昨日、ラジオ番組出るって言った件だけどさ」と電話がかかってきた。「う、やっぱり難しいですか?」。僕がトホホ気分でそう返すと「いや、もっとお互いのことを理解してからのほうがいい番組になるからさ、ドライブでも行かない?」と提案してくれた。郷太さんはどこまでも気さくで緊張させない著名人なのだ(わかった、わかった)。

そしてすぐに目黒駅で待ち合わせをすることになった。ペーパードライバーの僕に代わり、郷太さんがわざわざ車まで出してくれた。「なんであの小説を書いたの?」。郷太さんがハンドルを握りながら、僕に聞いてきた。なんと答えたか、もう忘れてしまったが、ドライブ中ずっと会話が途切れることはなかった。「俺も今、小説を書いているんだけど、聞いてもらっていい?」。運転をしながら、未発表の小説について郷太さんが突然内容を語り出した。ストーリーはもうかなり練られていて、お世辞なしで面白かった。ただ郷太さんはサービス精神の塊なので、話は飛び飛びになってしまう。「あ! ここのスタジオ懐かしい。昔、レコーディングしたんだよ」と教えてくれたかと思うと「あ! 音楽でもかけようか」とカーステレオから、郷太さんセレクト集がかかりはじめる。そしてしばらくすると、「それで小説の続きなんだけどさ」と話はぐるっと回って戻ってくる。

僕が帰りやすいようにと、最後は下北沢の駅近くで降ろしてくれた。次の信号で車を降りるというタイミングで「という話の小説を書いてるんだ、どう?」と、ちょうど小説もエンディングを迎えた。緊張しないで気さくに話せて、時間通りにピタリと話を終わらせられる著名人。郷太さんほど、その条件に合うラジオのゲストはいなかった。

Wiiiiiiiii

大人の事情、子供の事情

新宿のルノアールに呼ばれた。新宿のルノアールに、いい思い出はない。昔好きだった女の子が上京した時に、新宿のルノアールに一日中いて、ホストにナンパされ、そのあとここでは書けないような事態が起こったことを当人から聞いたことがある。その時「新宿の凄み」みたいなものを改めて感じたのを憶えている。

僕自身にも、新宿ルノアールにはエゲツない思い出があった。某有名アーティストの愛人だった女の子と、ヘラヘラ遊んでいた時期のことだ。その子の家に入り浸っていた時、「彼氏が新宿のルノアールに来てってさ」とフランクに告げられた。もちろん彼女が某アーティストの愛人だと僕は知っていた。「ですよね」くらいの感覚で受け止め、新宿ルノアールにヘラヘラ向かった。店に入ると、その某有名アーティストはニヤニヤ笑っている。つまり倍怖い状態に現場は仕上がっていた。

「俺の話を立って聞いてろ」。某有名アーティストは、笑いながら怒る人だった。人間界のスタンダードは「ちゃんと座って話を聞け」だと思うが、その日の僕に席はなかった。そして小一時間、そこにいた客と店員が、そこにいたことを後悔するほどの怒号を、笑いながら浴びせられ続けた。僕は怖すぎて、ヘナヘナとルノアールの床にしゃがみ込んでしまった。そのあとの記憶は曖昧であまり憶えていない。

もう一つの新宿ルノアールでの思い出もエゲツない。友達がネットワークビジネスにハマって、なんの正義感か今となっては不明だが、スーツに着替えて彼を助けに新宿ルノアールに乗り込んでいった。相手は二人いて、二人ともパリッとした三つボタンのスーツを着ていた。僕の苦手な、伊勢丹メンズ館的な男たちだった。とにかくその二人に睨みつけられながら、友人を引きずるように店から救出した思い出がある。昔そんなことがあったと言いたいが、今年の春の話だ。

そんな新宿ルノアールに、また呼び出されてしまった。ロクなことが起きるわけがない。待っていたのは、週刊SPA!の副編集長と担当編集者の牧野さんだ。「大人の事情とは、よくよく聞いてみると子供のような事情だった」と言ったのは誰だっただろう。通りすがりの詩人だった気がする。

「今回のことは、誤解に次ぐ誤解なんです」。そんな話を延々とされた。詳細は大人の事情により詳しく書けない。とにかく謝罪をしよう！　そうしよう！　という感じだった。

僕はテレビ制作の裏方業で、年に一度くらいは盛大な謝罪をしてきた。土下座も、言いたくないが何度かしたことがある。半沢直樹が始まる二十年前に、路上でディレクターに土下座を要求されたこともあった。「お前、この場で土下座をし……」くらいで、もう土下座をしていた。道玄坂のアスファルトは冷たかった。そんな話はどうでもいい。僕はとにかく謝罪歴は長いが、謝罪される歴は極端に短い。

丁寧な大人の謝罪をされたあと、僕はひとり店に残った。店から出た二人は「まあ、仕方ないよ」くらいの会話をした気がする。僕は謝罪のあと、部下と何度かそんなことを言って「じゃ、次行くわ」と別れたことがある。嫌味でなく、仕事はそのくらいじゃないとやっていけない。

仕事に謝罪はよく似合う。社会人を長くやっていると、仕事と感謝の組み合わせのほうが稀な気がしてならない。そしてだいたいのカップルやバンドは、大人の事情っぽい、子供のような事情で別れたり解散したりすることを知っている。つまり、だから、そんなことがまた人生で起きただけのことだ。あの日、僕はこの連載を終えることを、新宿ルノアールで静かに決めた。

喫茶室
ルノアール

偽物でもまがい物でも構わない

何か一つに一生懸命打ち込むことは素晴らしいことだ、と高校の担任教師はよく言っていた。しかしその担任教師でさえ、僕の一生懸命打ち込んだものを褒めてはくれなかった。僕は中学、高校と六年間、学級新聞を書いていた（勝手に）。今より意識が高く、月刊でも週刊でもなく、日刊にしていた（勝手に）。結果的に青春時代は、今よりも締め切りに追われる日々になってしまった。そしてその日々は、大して報われることはなかった。高校時代は特に、学級新聞冬の時代といっていい（春夏秋を経験したことはありませんが）。僕が通っていた高校は、わかりやすく治安が悪かった。「ロッカーに物を置いたら無くなると思え」と生活指導の先生に注意されたことがある。校内の雰囲気は、簡単にいえば池袋ウエストゲートパークだった。女の子はコギャル直前の時代で、スカートの丈はエロ漫画並みに短く、男はチーマー文化が花開く直前で、二言目には「パー券買わない？」と声をかけてくる。

学級新聞は毎日喜んで貼っているくせに、貼っている姿を見られるのは耐え難いほど恥ずかしくて（自分以外わからない感覚だと知っていながらあえて書く）、毎朝かなり早い時間に登校して、誰もいない教室で黙々と貼っていた。貼った後は、よくぼんやりと教室の窓から校庭を眺めていた気がする。その頃、僕と同じくらいに登校して、校庭を黙々と走っている陸上部の女の子がいた。彼女が白い息を吐きながら走る姿は、バンビのようで美しかった。

先週また締め切りが重なって、新大久保のビジネスホテルに部屋を取った日のことだ。前日が徹夜だったこともあり、早々に僕は行き倒れのように寝てしまう。早朝五時に目が覚めてカーテンを開けると、白い息を吐きながら走っている若い女性が見えた。ふと彼女のことを思い出した。あの後、彼女はたしか私立の大学にスポーツ推薦で入学したはずだ。

高校三年の時に、彼女と僕は同じクラスになる。彼女はその時も、朝早く登校して練習をしていた。僕も朝早く学級新聞を貼っていた。ただ学級新聞冬の時代だったため、遅刻気味に登校してきたクラスの人気者たちに「おはよ〜」と言われながら学級新聞はすぐに破かれる。数週間破かれ続け、さすがに心が折れてしまって、学級新聞を一時休刊することにした。もちろん僕が貼ろうが貼るまいが、クラスは通常運行。困る人もいなければ、それについて気にかけてくれる人もいなかった。ただひとりを除いて。

貼る学級新聞もないのに、癖で早く登校した日の出来事だ。朝の練習を終えた彼女が、制服に着替えて僕しかいない教室に入ってきた。話したことは、ほぼなかった。席もかなり離れている。それなのに教室の遠くから、彼女が突然声をかけてきた。「ねえ、新聞もう貼らないの?」。「読者がいた!」(それはちょっと)。彼女のその一言で、僕はまた学級新聞を再開してしまう。

この間、神保町の定食屋でカキフライ定食を頼むと、「読んでるよ!」と店主に肩をポンポンと叩かれた。「読者がいた!」(それはそうかもしれない)。浅はかな四十代になってしまった僕は、またそれだけの言葉にグッときてしまった。その一言で、僕はもう少しの間、「書く」という仕事を続けていく勇気をもらえた気がした。

ツイッターを開くとまた「この偽物!」とDMが一通届いていた。そうかもしれない。そうだと思う。だとしても、もう破られはしない原稿を僕は書くだけだ。偽物でもまがい物でも構わない。それすら書いてやる。

夢に迷って、タクシーを呼んだ

始まりがあれば終わりがある。二年と四か月続いた連載も終わりを迎えることになった。理由はいろいろあるが、辞めさせてほしいと最後は自分から言わせてもらった。いつかまた長尾謙一郎さんのイラストレーションと共に、文章を書ける毎日がくればいいなあ、と心から思っている。長尾さんから「この連載のイラストレーションを描く仕事は、本当に好きな仕事だったよ」とありがたい言葉もいただいた。長尾さんのイラストレーションがあって、熊谷さんのデザインがあって、編集の牧野さんがいる。そんな布陣でまた連載ができたら嬉しい。

連載の最後のほうはずっと、世界はコロナウイルスに翻弄され続けていた。知り合いの店が閉店した。行きつけの飲み屋も姿を消した。この文章を書いている今も（2021年1月9日）、東京のコロナ感染者数は落ち着いていない。ニュースでは、「第三波」という言葉が飛び交っていた。海外はもっと悲惨な事態になっていると、連日報道されている。これを読んでいるあなたの日常は、今よりも平和であってほしい。穏やかな気持ちで過ごせていると嬉しい。

「なんで連載を始めたんですか？」という元も子もない質問を、雑誌のインタビューで昨日された。「元も子もないですね」と答えたかった。「だってやりましょうって言われたから」と正直に言いそうになった。でも一日寝て思ったことは、僕はこの連載を読んだ誰かから「そういう気分わかるよ」とか「それは私のこの出来事と近いですね、多分」みたいなことを聞きたかったのかもしれないと思った。厳密には聞けないが、自分と同じような考えを持った誰か、同じではないが、お前はそれでいいよ、と認めてもらえる誰かに会いにいきたかったのかもしれない。さらに厳密に言えば、時を越えて会いにいきたくなったのかもしれない。いやいや厳密の厳密には、会いにはいけないでしょ、と自分に突っ込みつつも、本当にそんな気分で僕はこの連載を続けていた。これを読んでいるあなたは誰で、読んでいる場所はどこで、それはいつなのだろう。

僕は神奈川県立図書館に半年間以上、こもっていたことがあった。学校に行くといって家を出てそのまま、閉館までずっと図書館にいたことがあった。本のあの独特なインクの匂い、紙の手触りは日々に辟易していた僕を安心させ、鎮静させてくれた。あの時、図書館は僕にとってのシェルターだった。たくさんの本棚の中から、一冊たまたま手に取った本に励まされたこともある。

その日のことは憶えている。曇りの日で、季節は春だった。桜の花びらが、嘘みたいにきれいに舞っていた。夕暮れ、図書館にはおじいさんや仕事をサボったであろうサラリーマン、ひそひそ声ではしゃぐ女子高生たちと、それなりに人が行き来していたが、僕は一冊の本に没頭して、だんだん周りの音が消えて失くなる感覚を味わっていた。本の中に入っていくような、あの独特の感覚。そこに書かれていたことは特別なことじゃない。いつか自分のことよりも好きな人ができたらその人に「生きていてくれてありがとう」と伝えてみようと書いてあった。夏の暑さも冬の寒さも過ぎてしまえば、すべて懐かしくなるということも書いてあった。いつか僕たちは必ずこの世界からいなくなってしまうという事実。ご飯が美味しいことよりも、ご飯が温かいことが幸せなこと。お金の使い方には、その人の今までのすべてが出ること。生きていると嘘をついてしまうことも、つかれることもあること。始まりがあれば、必ず終わりがあること。終わりがあるということは、また何かが始まるということ。

いつかまたこの場所で連載をやることがあるとしたら、長尾さんのイラストレーションがあって、熊谷さんのデザインがあって、編集は牧野さんで、読者はあなたであってほしい。そのことだけは、僕は忘れずに憶えておこうと思っている。

著　燃え殻【もえがら】

一九七三年生まれ。都内の美術制作会社に勤務する会社員でありながら、作家、コラムニストとして活躍。初の小説『ボクたちはみんな大人になれなかった』が二〇一七年に新潮社より書籍化。累計16万部超のベストセラーとなり、二〇二一年にNetflixで世界配信が決定。近著に『すべて忘れてしまうから』(小社刊)、『相談の森』(ネコノス)など

装画・挿画　長尾謙一郎【ながおけんいちろう】

一九七二年、愛知県生まれ。漫画家。主な著書に『クリームソーダシティ完全版』(太田出版)、『PUNK』(白泉社)、『おしゃれ手帖』『ギャラクシー銀座』(共に小学館)など。漫画を中心に、映像、絵画、イラストレーション、デザインなど活動は多岐にわたる。『月刊!スピリッツ』にて「三日月のドラゴン」(既刊4巻、以下続刊)を連載中

初出　週刊SPA!
2018年10月9・16日号〜2021年1月12・19日号
連載時の原稿に大幅に加筆修正をしました

夢に迷って、タクシーを呼んだ

発行日 二〇二一年三月三十日 初版第一刷発行

著者 燃え殻

装画・挿画 長尾謙一郎

写真 滝本淳助

発行者 久保田榮一

発行所 株式会社 扶桑社

〒一〇五-八〇七〇

東京都港区芝浦一-一-一 浜松町ビルディング

電話 〇三-六三六八-八八七五(編集)

〇三-六三六八-八八九一(郵便室)

印刷・製本 図書印刷株式会社

装丁・デザイン 熊谷菜生

編集 牧野早菜生 田辺健二

www.fusosha.co.jp

Printed in Japan ISBN978-4-594-08773-9

定価はカバーに表示してあります。

2021,3